W0284260

Für meine Mama, die mit mir durch die schwersten Zeiten geht.

Für Erik, der mich auch in der tiefsten Dunkelheit nicht allein lässt.
Ich liebe dich.

»I´m a mess and I´m still broken
But I´m finding my way back.
And it feels like someone´s stolen
All the light I ever had
Like the world disappeared
And I´m laying right here
While the silence is piercing
And it hurts to breathe.
I don´t have much but at least
I still have me«
- Demi Lovato

Prolog

Apollonia.

Meine Eltern hätten mir jeden Namen geben können, doch sie haben sich für diesen entschieden. Jetzt, da ich auf einige Jahre meines Lebens zurückblicke, glaube ich, dass sie sich übernommen haben. Dass sie große Hoffnungen für ihre Erstgeborene hatten; dass sie darauf bestanden, ihr einen bedeutenden Namen zu geben. Jeder würde sich an sie erinnern, an das Mädchen mit dem außergewöhnlichen Namen griechischen Ursprungs.

Nie hätten sie wissen können, dass ich einmal so wichtig in der Welt werden würde, wie eine Fliege, die gegen eine Autoscheibe klatscht. Die meisten hinterlassen noch nicht einmal einen Fleck.

Sie haben alles verloren und nur ich bin noch hier. Ihre Welt ist in sich zusammengebrochen und doch ist eine Tochter noch bei ihnen. Leider ist es die falsche.

Kapitel 1

Apollonia

Regen. Sonne. Regen. Sonne.

Ihr Leben lang hatte Apollonia schon in England gewohnt, doch London war ihr ein großes Rätsel. An keinem anderen Ort in diesem Land war das Wetter so launisch wie in seiner Hauptstadt, fast als hätte jemand gesagt: »Hey, die Großstädter brauchen mit Sicherheit etwas pure Natur in ihrer Mitte.«

Vor ein paar Wochen war sie – mit ihren Eltern und ... nein, nur mit ihren Eltern – nach London gezogen und hatte ihren Geburtsort verlassen. Nicht den Geburtsort ihrer Eltern, aber den von ihr ... und ihrer Schwester, Phoebe.

Allein der Gedanke an das Mädchen, das mit Apollonia aufgewachsen und einfach so aus der Welt verschwunden war, tat ihr physisch weh. Schnell fokussierte sich Apollonia auf die nassen Stufen, die an Piccadilly Circus aus der Tube führten. Wie jeden Morgen war sie hier ausgestiegen, um aus der Ferne die Sonne hinter dem Elizabeth Tower – besser bekannt als Big Ben – aufgehen zu sehen. Jeden Morgen war es ein Erlebnis aus Rot und Orange und am liebsten würde sich Apollonia diesen Anblick auf ihre Retina brennen. Es war wie ein kleines Pflaster, das sich auf eine große, klaffende Wunde legte. Es brachte nicht viel und doch schätzte sie seine Anwesenheit. Um Apollonia herum eilten die Londoner zu ihren Jobs und keiner schien den anderen wirklich anzusehen, was an dem Nieselregen liegen konnte, der sich gerade wieder einstellte und auf die frisch geschminkten Gesichter und die perfekt gegelten Haare herabprasselte.

Seufzend riss sie sich von dem Anblick los, der sich ihr in einiger Entfernung bot, und ging zurück in die Tube, die sie zu ihrem Job bringen würde.

*

Wenn Apollonia sich selbst kennenlernen müsste, da war sie sich ziemlich sicher, würde sie sich nicht mögen. Nicht unbedingt, weil sie ihr eigenes Aussehen störte, sondern weil sie der Meinung war, dass jeder Blinde mit Krückstock erkennen konnte, dass sie nirgends hingehörte. Dieses Gefühl begleitete Apollonia schon seit Jahren, doch in den letzten Monaten war es so intensiv gewesen wie noch nie. Es schien mit jedem Tag zu wachsen, wie eine Pflanze, die sich der Sonne entgegenreckte und wuchs, nur um giftige Stacheln auszubilden.

So auch jetzt, als sie mit fünf Minuten Verfrühung in die Firma kam. Sie hatte nicht studiert, wie die meisten Mitarbeiterinnen und Mitarbeiter in der Firma und doch wurde sie als gleichrangig behandelt. Das war auch der Grund, warum Apollonia sehr gern arbeiten ging. Recht früh hatte sie sich selbst beigebracht, wie man mit dem Internet umzugehen hatte. Dabei ging es nicht um Programmierung oder dergleichen, sondern um Werbung. Das war einer der Vorteile, mit einer neuen Technologie aufzuwachsen. Sie hatte sich schon als Teenager in die neue Technik fuchsen können und schnell heraus bekommen, wie die Algorithmen funktionierten und wie eine Firma es schaffte, Aufmerksamkeit auf sich zu ziehen. Vielleicht hatte sie gerade deshalb die Firma eingestellt, an deren Logo sie vorbeilief, um zum Aufzug zu kommen.

Snucky – wir snucken Ihre Aura

Keiner hatte sie je gefragt, ob sie den Namen für eine Make-Up-Firma passend fand, besonders, da es das Wort *snucken* nicht einmal gab. Naja, daran konnte Apollonia auch nichts ändern. Die Firma hatte sich in London einen Namen gemacht und sie – Apollonia Green – sollte dafür sorgen, dass die Puder und Cremes auch international bekannt würden.

Sie drückte auf das Stockwerk, das sich in

schwindelerregender Höhe in dem Wolkenkratzer befand und ihr Büro beheimatete. Ein letztes Mal fuhr sie sich über die dunkle Jeans und die helle Bluse, die sie zu Pumps trug. Was sie vom ersten Tag an fasziniert hatte, war, dass die Frauen in der Firma den Eindruck machten, als fielen sie morgens aus ihren Betten, sahen *perfekt* aus und mussten nur noch in ebenso *perfekte* Kleidung schlüpfen, um sich der Welt zu präsentieren. Es war fast surreal, besonders, da Apollonia nur durchschnittlich aussah – weder sehr hässlich noch auffallend schön – und nicht genug Geld hatte, um sich teuer einzukleiden. Das kam davon, wenn man mit einer Familie aus der Mittelschicht in eine teure Stadt zog und sich mit vierundzwanzig noch bei den Eltern einnisten musste, weil der Verdienst an allen Ecken und Enden nicht reichte. *Wahrscheinlich ist es gar nicht so schlecht*, dachte Apollonia, in einer Wohnung für sich allein hätte sie viel zu viel Zeit, um nachzudenken.

Sie sah der Anzeige zu, wie sie langsam auf die 16 sprang und die Türen sich öffneten. Einen letzten Atemzug sog sie in ihre Lungen und trat hinaus auf den Gang.

Auch wenn Apollonia erst seit wenigen Wochen bei *Snucky* arbeitete, fühlte sie sich wohl und wusste, was sie zu tun hatte. Wie die letzten Tage auch, arbeitete sie an einer neuen Kampagne für das nächste Jahr, die sich dem Sommerlook und den speziellen Produkten für diese Jahreszeit widmete.

Was sie an dieser Arbeit noch mehr schätzte als alles andere, war, dass sie niemand störte. Dass Apollonia nicht aus ihrer Arbeit gerissen wurde und höchstens am Ende des Tages gefragt wurde, wie es denn lief. So konnte sie ihren Faden nicht verlieren und vor allem nicht anfangen, an etwas anderes zu denken.

Apollonia schloss die Augen und presste ihre Hände zu fest aneinander.

Das wäre die Höchststrafe, nachdenken zu müssen.

Kapitel 2

Apollonia

Gegen achtzehn Uhr kam sie an der Wohnung ihrer Familie an, die so weit außerhalb des Zentrums lag, dass sie mit der Tube fünfundvierzig Minuten brauchte, um sie zu erreichen. Apollonias Kleidung war etwas verknittert von dem Tag in einem Bürostuhl und sie konnte es nicht erwarten, hineinzugehen und sich in ihre gemütlichen Joggingklamotten zu schmeißen. Doch davor musste sie etwas anderes tun und das bereitete ihr Bauchschmerzen: Apollonia musste ihren Eltern gegenübertreten.

Seit es geschehen war, hatte sie das Gefühl, andere Menschen als Eltern zu haben. Es war eine goldene Regel, dass Eltern niemals ihre Kinder zu Grabe tragen sollten. Es war entgegen der Natur und da stimmte sie zu. Doch niemand sprach über die Geschwister. Niemand hatte ihr je gesagt, dass es Schmerz geben konnte, der alles überlagerte und das eigene Weltbild so sehr erschütterte, dass es kein Entkommen gab. Niemals. Egal, wie viel Zeit ins Land ging.

Keiner auf der Trauerfeier hatte je gesagt: »Apollonia, es muss schrecklich für dich sein, deine kleine Schwester zu beerdigen.«

Sie hasste es, die Aufmerksamkeit auf sich zu ziehen, aber in diesem Falle hätte sie es sich gewünscht. Sie hätte sich gewünscht, dass sich jemand um sie kümmerte, als wäre sie keine Erwachsene, sondern ein Kleinkind, das Schutz suchte.

Die Tränen, die ihr bei dem Gedanken in die Augen schossen, schluckte Apollonia hinab, als hätte ihr Schluckreflex einen Kanal, der die Tränen aus ihren Augen sog.

Langsam steckte sie den Schlüssel ins Schloss und öffnete die Tür. Fast hatte sie gehofft, dass ihr der Geruch nach einem leckeren Abendessen entgegenkommen würde, doch weit gefehlt. Es roch leicht modrig in der Wohnung, die seit einigen Wochen ein Zuhause sein sollte, als hätte seit Tagen niemand mehr gelüftet.

Eilig trat sie ein, zog die Schuhe aus und tapste auf dem alten Teppichboden ins Wohnzimmer. Apollonias Atem stockte – selbst nach all der Zeit – als sie ihre Eltern auf der Couch sitzen sah.

Ihre einst so wunderschöne Mutter, von der Phoebe ihr Aussehen geerbt hatte, war nur noch eine traurige Erinnerung ihrer selbst. Die Wangen eingefallen, der Blick starr. Man musste ganz genau hinschauen, um zu erkennen, dass sich ihre Brust tatsächlich noch hob und senkte.

Ihr Vater war das Gegenteil. Er hatte in letzter Zeit extrem zugenommen, da er sich fast nur noch von Alkohol und fettigen Fertiggerichten ernährte. Nur den starren Blick, den hatten sie gemeinsam.

»Hallo?«, versuchte Apollonia es sanft, danach nochmal auf Deutsch – der Muttersprache ihres Vaters – und trat ein, doch es kam keine Reaktion. Der Fernseher lief, auch wenn sie wusste, dass die beiden nicht gern in die Flimmerkiste schauten. Schnurstracks lief sie zur Fensterfront und öffnete jedes Fenster, so weit es nur ging. Wie ihre Eltern noch arbeiten gingen, um die kleine Dreizimmerwohnung mitzufinanzieren, war ihr ein Rätsel. Höchstwahrscheinlich prügelten sie sich fast zur Arbeit, nur um danach noch elender in sich zusammenzufallen.

Alles, woran Apollonia denken konnte, war, was wohl Phoebe zu ihren Eltern sagen würde. Sie wollte nicht sauer auf ihre tote Schwester sein, doch wenn sie gewusst hätte, was ihr Tod mit ihrer Familie machen würde, wäre sie dann vielleicht noch hier? Der Gedanke war gemein, denn Krankheiten konnte man sich nicht wegwünschen und doch nagte diese Frage sehr an Apollonia. Die Situation, der Zustand ihrer Eltern und letztlich ihr eigenes Gehirn, das überfordert war und gleichzeitig zu viel Zeit hatte, um sich Gedanken zu machen, lähmten sie.

Ein letztes Mal lief sie an ihre Eltern heran und auch wenn die Pupillen ihres Vaters kurz zuckten, war er wie erstarrt. Nie hätte sie es für möglich gehalten, dass ein solcher Zustand für einige Stunden am Tag möglich war, doch sie hatte sich geirrt.

Apollonia seufzte und lief aus dem Wohnzimmer. Sie hoffte, dass sich wenigstens die frische Luft in das Zimmer der Traurigkeit wagte und den schlechten Geruch mit sich in die Ferne nehmen würde.

Auch wenn sie keinen Hunger hatte, wusste Apollonia, dass sie essen musste. Kurz nach Phoebes Tod hatte sie es fast komplett aufgegeben und war zusammengebrochen. Das wollte sie nicht noch einmal geschehen lassen.

Wie erwartet, war der Kühlschrank nicht gerade voll, als sie eine Hand nahm und an seinem weißen Griff zog, um ihn zu öffnen. Allerdings entdeckte sie Erdnussbutter und eine Schokocreme, die sie auf Toast schmierte. Apollonia nahm ihre Eigenkreation, die Phoebe immer fast zum Würgen gebracht hatte, in ihr Zimmer und klaubte auf dem Weg dorthin noch ihre Tasche vom Fußboden, in der sich ihr Laptop befand. Sie musste sich ablenken, deshalb würde sie wahrscheinlich schon einmal an der Werbekampagne für den Folgetag arbeiten. *Snucky* brauchte einen neuen Weg, sich in die Köpfe Tausender Menschen zu schleichen.

Die Tür zu ihrem Zimmer gab ein leichtes Knacken von sich und öffnete sich eher widerwillig. Der Tür zum Trotz lief sie in ihr Zimmer, das noch immer aussah, als würde hier ein Mensch mehr hausen, als dass er hier lebte.

Die Kartons vom Umzug stapelten sich in die Höhe und das Einzige, was in ihrem Zimmer schon aufgebaut war, war das Bett und der Schreibtisch. Bücher türmten sich neben ihm und ihre Kleidung lag auf einigen Kartons herum, als hätte eine Bombe in dem kleinen Raum eingeschlagen.

Seufzend stellte sie den Teller mit dem Essen auf den Schreibtisch und holte dann den portablen Computer aus ihrer Tasche.

Wenn schon kein realer Mensch mit ihr sprechen wollte, dann wollte sie sich an die Plattform wenden, die ihr immer und zu jeder Tageszeit das Gefühl gab, nicht allein zu sein: *Youtube*.

Apollonia schaute alles: Dokus, Influencer-Videos oder Tutorials. Seit Phoebe sie verlassen hatte, hasste sie die Stille, die sich in einem Raum ausbreitete, wenn ein Mensch einsam und allein in ihm saß. Es war keine Ruhe, es war Unruhe, die so laut war, dass es fast ihr Trommelfell zerriss.

Der Laptop mit dem großen angebissenen Apfel, den Apollonia sich mit hart erspartem Geld finanziert hatte, leuchtete auf und in nur wenigen Sekunden erschien der Bildschirmhintergrund mit den verschiedenen Dateien und der Menüleiste am Fuße des Bildschirms.

Sie wollte sofort ihre Dateien aus dem Büro öffnen und nebenbei auf Youtube Musik laut spielen lassen, doch ihre Finger hatten andere Pläne. Sie klickten weder auf die Website der

Unterhaltungsseite noch auf die Arbeitsdateien. Stattdessen loggten sie sich in Facebook ein und tippten ganz oben in die Suchleiste: *Phoebe Green*.

Das Profil ihrer toten Schwester ploppte auf, was sie an sich schon als sehr surreal empfand. Wie konnte jemand ein Profil auf Social Media haben, wenn er gar nicht mehr lebte? Es war kurios, makaber und vielleicht doch eine Art von Erinnerung an eine verstorbene Person, die dem Leben eine Art von Sinn gab.

Wie zuvor arbeitete ihre Hand gegen ihren Kopf und gewann. Sie klickte auf das Profilbild, das sie vor vier Jahren von ihr geschossen hatte. Damals waren sie für einen Tag auf die Isle of Wight gefahren und hatten eine Tour zu den Needles gemacht. Das Bild zeigte das Gesicht ihrer Schwester, vor dem ihre Haare herumwirbelten und ihr so das perfekte Aussehen für das Cover von *Im Winde verweht* verliehen. Im Hintergrund waren die Kreidefelsen zu sehen und die

Sonne glitzerte auf dem blauen Meer.

Ohne dass Apollonia sie daran hindern konnte, liefen Tränen ihre Wangen hinab, obwohl sie noch gar nicht am Ende ihrer Suche war. Ihre Finger klickten sich auf die Beitragsseite, auf der jeder User einen Post hinterlassen konnte – keine Restriktionen, nichts.

Sie wusste, was mit ihr passieren würde, wenn sie sich durch sie klicken würde, doch ihr blieb nichts anderes übrig. Apollonia musste es tun, sehen, ob noch jemand an Phoebe dachte.

Der erste und somit auch neuste Kommentar erschien und er war von heute Morgen:

Hank Winstons:

Es kommt mir vor, als wärst du erst gestern gegangen. Ich denke viel an dich.

Wir sehen uns im nächsten Leben.

Pah! Ihre Mutter hatte es immer gehasst,

wenn sie sich vulgär ausdrückte, doch ihr blieb nichts anderes: Es war zum Kotzen. Wieder hatte ein Mensch einen Post hinterlassen, dessen Name sie nicht einmal kannte. Wahrscheinlich hatte er Phoebe vor Jahren eine Freundschaftsanfrage geschickt, weil sie sich einmal in ihrer Heimatstadt oder sonst wo über den Weg gelaufen waren. Und jetzt trauerte er? Was für *pretentious bullshit*! Wenn sie fluchte, wechselte sie häufig von einer Muttersprache in die andere. Sie wusste nicht genau, wieso. Manchmal hatten ihr die deutschen Beschimpfungen schon den Hintern gerettet, wenn sie wieder einmal ihrem Ärger viel zu laut Luft gemacht hatte. In England sprachen die wenigsten Menschen Deutsch.

Apollonias Finger zitterten und doch klickte sie sich durch weitere drei Kommentare, die ebenfalls heute zu der Litanei an Posts gekommen waren. Komischerweise gab ihr das auch ein gutes Gefühl; als würden diese wenigen Zeilen beweisen, dass Phoebe noch irgendwie existierte. Dass Menschen sie in ihren Erinnerungen am Leben erhielten. Obgleich das ebenfalls *God damn bullshit* war. Keiner von ihnen hatte sie wirklich gekannt. Kaum jemand hatte von ihrer Krankheit gewusst und vielleicht war das genau das Problem. Apollonia fühlte sich schuldig und sie war sich sicher, dass es ihren Eltern nicht anders ging. Sie hatten Verantwortung für Phoebe gehabt und sie alle drei hatten versagt.

Anders als ihre Eltern saß Apollonia nicht unbeweglich da, wenn die Trauer so sehr über sie kam, dass kein Luftmolekül mehr den Weg in die Lungen fand. Nein, sie weinte. Sie weinte und fast schien das Essen auf ihrem Schreibtisch sie auszulachen: »Haha, hast du wirklich geglaubt, du könntest einen halbwegs normalen Abend verbringen? Vergiss es!«

Anstatt sich in die Arbeit zu stürzen, zu essen oder sich mit Youtube-Videos abzulenken, schluchzte Apollonia auf. Es dauerte nicht lange, da war ihr Shirt vor Tränen nass und ihre Augen schmerzten von der Menge an Tropfen, die sie schon vergossen hatten.

Wie kann es nur sein, dass du weg bist?!

Apollonia schrie ihre tote Schwester in ihrem Kopf fast an, doch sie konnte es nicht ändern. Ihr Gehirn gehorchte schon lange nicht mehr.

Ihr Kopf sank in ihre Handflächen und sie starrte weiter auf das Profilbild ihrer Schwester, auf dem sie so glücklich gewirkt hatte.

Es war alles eine Fassade gewesen, denn jetzt war sie tot. Weg – und das für immer.

Kapitel 3

Philomena

Die dunklen Straßen von Whitechapel funkelten in ihrer Nässe im hellen Schein der Laternen. Die meisten Touristen wagten sich nicht in die Nähe des Viertels, sobald die Dunkelheit einbrach, und das war auch gut so. Drogen, Prostitution und Gewalt beherrschten jede Ecke des Stadtteils, in dem sich schon zu seiner Zeit Jack the Ripper herumgetrieben hatte.

Philomenas Stiefel quietschten und allein dieser Laut war ihr zu gewaltig. Es war, als würde sich der hohe Ton in ihre Ohrmuschel setzen, um sie damit zu quälen und ihn ihr in einer Lautstärke auf das Trommelfell zu brüllen, dass sie ihre eigenen Gedanken nicht mehr verstand. Die Situation war keine neue für die junge Frau, deren Gesicht von schwarzen Locken umrahmt war. Sie wusste, was sie zu tun hatte.

Atmen. Atmen. Atmen.

Ein. Aus. Ein. Aus.

Das Geräusch wurde langsam leiser, auch wenn es nicht vollkommen verschwand. So häufig war ihr dieser Gedanke schon gekommen und es fühlte sich an, als wäre er die Hymne ihres Lebens.

Das Leben von Philomena. *Es ist meist erträglich, aber kein Schmerz verschwindet je.*

Die braunen Augen hatte sie jetzt auf die Fußgängerampel vor sich geheftet, die die letzte war, die sie auf dem Weg zu ihrer Wohnung passieren musste. Wie alle anderen Londoner – sie war in der Großstadt aufgewachsen – ignorierte sie das rote Männchen, das ihr eigentlich signalisieren sollte, am Bordstein stehen zu bleiben, und lief über die vielbefahrene Straße.

Die meisten Touristen, die sich in Englands Hauptstadt herumtrieben, blickten erstaunt und fast schon beeindruckt zu den Einheimischen, wie sie, ohne zu schauen, die Straßen überquerten, ohne dass sie von einem Auto erwischt wurden. Philomena nannte das einheimisches Können und Geschick.

Die Haustüre, die sie in das Gebäude lassen würde, in dem ihre Wohnung lag, kam in Sicht, gerade als sie an dem berühmtesten Pub der Stadt vorbeilief. *The Ten Bells Pub*. Hier waren zwei von Jack the Rippers Opfern gesehen worden, bevor sie getötet worden waren.

Anders als bei dem Gebäude der etwas wohlhabenderen Menschen gab es keine Security vor dem Haus, in dem Philomena lebte, und sie musste sich auch nicht ausweisen. Eilig schob sie ihren Schlüssel in das alte Schloss, öffnete die Tür und trat in den Gang.

Das Gebäude war alt und doch hatte es einen gewissen Charme, wie Philomena fand. Als sie vor zwei Jahren bei ihren Eltern ausgezogen war, weil sie es nicht länger bei ihnen ausgehalten hatte, hatte sie kaum Geld zur Verfügung gehabt und war mehr als froh gewesen, als sie dieses Apartment zur Miete bekommen hatte. Da war es egal, dass es in einem Viertel lag, in dem nach zwanzig Uhr besser niemand mehr einen Fuß vor die Tür setzte, so sagten es die Behörden zumindest.

Eilig schnappte sie sich ihre Post aus dem Briefkasten und lief in den zweiten Stock hinauf. Die dreißig Quadratmeter, die sie bewohnte, warteten hinter einer Holztür auf sie und zum ersten Mal an diesem Tag hatte Philomena das Gefühl, dass ihr nicht die Last der Welt auf den Schultern lag. Meist konnte sie erst in ihrer eigenen Wohnung frei atmen, wenn sie allein war.

Ihre Krankheit hatte sich über die Jahre verändert, aber das war gleich geblieben. Sie hasste das Ungewisse und sie hasste es, zu lange aus ihrer Wohnung zu sein. Gerade an diesem Montag war es schwer gewesen, ihre fünf Stunden im Büro zu verbringen. Den Rest ihrer Arbeitszeit verbrachte sie daheim und arbeitete dort an ihren Designprojekten weiter.

Und noch etwas anderes wartete im trauten Heim auf sie.

Schnell trat sie in ihre Wohnung, legte den

Regenmantel ab und schlüpfte aus ihren Stiefeln.

»Hallo, ich bin daheim!«, rief sie in die Wohnung hinein – ohne eine Antwort zu erwarten – und eilte in ihr Wohnzimmer, das gleichzeitig als Schlafraum diente.

Die meisten Menschen fanden es merkwürdig, dass sie mit ihren Haustieren sprach, doch für Philomena war es das Natürlichste der Welt. Die Tiere waren immer für sie da; egal, wie schlecht es ihr ging. Da hatten sie es verdient, dass man respekt- und liebevoll mit ihnen umging, wie Philomena fand.

Langsam trat sie an das Gehege heran. Ihre vier Meerschweinchen, die sich eine große Stallfläche auf einer Erhöhung aus Holz teilten, schauten sie neugierig an und nur eines von ihnen verschwand in einer der Holzhüttchen. Meerschweinchen waren keine Kuscheltiere und mochten es auch nicht, angefasst zu werden, und doch hatte Philomena ein enges Verhältnis zu ihnen. Es fühlte sich fast an, als könnten die kleinen Knäule ihre Gedanken lesen und ihr die Ruhe geben, die die Welt ihr wieder und wieder nahm. Ehe sie es sich versah, quiekten zwei der kleinen Schweinchen in einer hohen Tonlage und doch war es alles andere als unangenehm. Es war ein Geräusch, das man nur als *süß* bezeichnen konnte und schnell kam Philomena der Bitte nach, die die Kleinen gerade geäußert hatten. In der Küche angekommen – die zwar klein war, aber dennoch einen überdimensionalen Kühlschrank besaß – schnappte sie sich ein scharfes Messer und schnitt das Obst und Gemüse in kleine Stückchen, bevor sie unter der Spüle den großen Heusack hervorholte. Schwer beladen lief sie zurück und fütterte die kleinen Meerschweinchen, die sie in einem Anflug purer Inspiration »One«, »Two«, »Three« und »Four« getauft hatte. Sie war der Meinung, dass es den Schweinchen eh vollkommen egal war, wie sie hießen, da konnte sie auch die simpelsten Namen wählen, die ihr in den Kopf kamen.

Nachdem die Kleinen sich auf das frische Essen gestürzt hatten, wich Philomena ein wenig von dem Stall zurück.

Fast schon erstaunt sog sie die Luft ein und spürte, wie sie langsam in einen Zustand zurückkatapultiert wurde, der ihr für die letzten Minuten fremd gewesen war. Es war schwer zu beschreiben, was es war, doch wenn sie sich um die kleinen Lebewesen kümmerte, war sie nicht sie selbst. Sie hatte Verantwortung, eine Aufgabe, und auf die wollte sie sich vollkommen konzentrieren. Leider hielt diese Konzentration nicht sehr lange an und sorgte dann dafür, dass sie in ein noch tieferes Loch fiel, aus dem sie mit eigener Kraft nicht mehr herauskam.

Als hätte ihr Körper die Arbeit verweigert, sackte sie zusammen und in ihrem Kopf kreisten die Gedanken so schnell, dass ihr von der Geschwindigkeit fast schwindelig wurde.

Was habe ich heute alles getan? Wie wird wohl der nächste Tag aussehen? Was habe ich heute wohl alles vergessen? Wahrscheinlich war ich auch in allem zu langsam ...? Überleg mal ...

Die Tränen hatte sie schon lange aufgegeben. Sie weinte nicht mehr, denn dazu war ihr Körper nicht mehr in der Lage.

Sich bei der Arbeit zusammenzureißen und dann noch zurück in ihre Wohnung zu kommen, war ein Kraftakt, den sie nur schwer stemmen konnte. Doch sie wollte nicht, dass jemand wusste, was ihr jede Nacht trotz Medikation den Schlaf raubte und warum es Tage gab, an denen sie sich kaum bewegen, geschweige denn produktiv sein konnte.

An den Holzbeinen des Geheges klammerte Philomena sich fest und wusste, dass sie für diesen Abend verloren hatte. Die Schwärze war hier und würde so schnell nicht wieder verschwinden. Denn die Dunkelheit war kein fairer Gegner. Sie gewährt keine Pausen und drischt so lange auf einen ein, bis auch das letzte Licht erlischt.

Kapitel 4

Apollonia

Wie auch immer Apollonia die letzte Nacht durchgestanden hatte, sie war endlich vorbei, denn der Wecker neben ihrem Bett klingelte in einer Lautstärke, dass ihn die Nachbarn drei Stockwerke über ihr hören mussten.

Irgendwann letzte Nacht hatte sie den Laptop geschlossen und gehofft, dass der Schlaf sie schnell finden würde. Aber als wollte er sie auslachen, fand er sie erst weit nach null Uhr und hielt sie jetzt in einer Erschöpfung gefangen, die verboten gehörte.

Langsam bewegte Apollonia die Hand zum Wecker, drückte einen Knopf und der Lärm verstummte.

Ich kann einfach im Bett bleiben. Wen würde es schon stören?

Die Gedanken kamen ihr immer häufiger und doch zwang sie sich mit dem letzten Rest ihrer Selbstbeherrschung aus dem Bett. Sie wollte nicht anfangen, den Tag wie ihre Eltern zu verbringen und womöglich ebenfalls in die Starre fallen, die sie bei ihrem Vater und ihrer Mutter tagtäglich beobachtete.

Eilig ging sie ins Bad, duschte und lief dann mit nassen Füßen zurück in ihr Zimmer, um sich anzuziehen. Aus einigen Kartons holte sie ein geblümtes Kleid, Strumpfhosen, einen BH und ein Haargummi heraus. Das musste reichen.

Schnell zog sie die Kleidung über und band ihre Haare in einen losen Pferdeschwanz, dann schnappte sie sich ihren Laptop, den sie in ihre Tasche stopfte und verließ ihr Zimmer.

Im ersten Augenblick wollte sie ins Wohnzimmer gehen, sich für den Tag verabschieden, doch sie entschied sich nach nur wenigen Sekunden dagegen. Ihren Eltern wäre es egal, wohin sie ging und der Anblick der beiden so früh am Morgen würde Apollonia den ganzen Tag in ihren Gedanken verfolgen.

Stattdessen schnappte sie sich ihre Jacke und machte sich auf den Weg zu Piccadilly

Circus. Wie fast jeden Morgen.

*

Der Kaffee wärmte ihre Hände und der Porridge, den sie sich bei einer großen Kaffeehauskette in der Londoner Innenstadt gekauft hatte, schmeckte so gut, dass sie endlich wieder einmal das Gefühl hatte, zu essen, weil es ihrem Körper guttat und nicht, weil er sonst an Energie verlieren würde, wie ein Auto, das Sprit leckte.

Gestern Abend hatte sie doch noch einiges für die Kampagne von *Snucky* vorbereiten können und sie wusste, dass sie sich heute mit der Designerin treffen würde, um alles zu besprechen und ihr zu sagen, wie sie sich die Kampagne vorstellte.

Noch hatte sie mit keinem Mitarbeiter und keiner Mitarbeiterin der Firma zusammengearbeitet, weswegen sie Nervosität in sich aufsteigen spürte und plötzlich fühlte sich der Porridge in ihrem

Magen nicht mehr so wohltuend an wie noch Minuten zuvor.

Apollonia hatte schon immer Probleme gehabt, Menschen gegenüberzutreten, denn sie stammelte oder schaffte es, dass sich ihre Grammatik im Satz so anhörte, als könnte sie ihre Muttersprachen nicht sprechen. Manchmal fragten Menschen sogar danach, weil sie sich in ihrer Nervosität so merkwürdig artikulierte, dass niemand erwartete, dass sie die Sprachen überhaupt beherrschte.

Das war Fluch und Segen zugleich. Apollonia schätzte es sehr, dass Phoebe und sie nicht nur mit der Landessprache aufgewachsen waren, sondern auch mit der Muttersprache ihres Vaters. Es war, als hätten sie so ein ganz eigenes Universum erschaffen, in das sie sich mit einer neuen Sprache teleportieren konnten.

Nur hatte keiner von ihnen zuvor wirklich daran gedacht, dass es auch das Gegenteil bewirken konnte.

Phoebe hatte häufig darüber gesprochen

und so auch Apollonia dazu animiert, sich damit auseinanderzusetzen. Sie hatte einmal gelesen, dass Sprache eine Art Zuhause war, doch was passierte, wenn man mit zwei Sprachen aufgewachsen war und keine Ahnung hatte, wo das wirkliche Zuhause lag? Wenn es Phasen gab, in denen eine Sprache schwerfiel und die andere dafür leicht und umgekehrt. Wie ging man damit um?

Phoebe hätte Stunden damit zubringen können und auch wenn sich Apollonia nicht so viele Gedanken gemacht hatte, verstand sie es, denn das Gefühl konnte sie nicht leugnen.

Wer bin ich? Was macht mich aus?

Sie schüttelte den Kopf, um die Gedanken aus dem Kopf zu vertreiben, und warf die leere Papierschale, in der sich zuvor Porridge befunden hatte, in der Bahn in einen kleinen Mülleimer und verließ an der nächsten Haltestelle den Zug.

Motiviert von dem schönen Anblick des Elizabeth Tower in der Morgensonne, kam

Apollonia in der Firma an und lief schnurstracks zu ihrem Büro.

Nur ein paar Sekunden später trat ihr Chef ein.

»Guten Morgen, Frau Green.«

»Herr Maunt, guten Morgen.«

Apollonia setzte sich auf ihren Bürostuhl und sah dabei zu, wie ihr Chef sich ihr gegenüber niederließ.

»Haben Sie schon Ideen für die Sommerkampagne?«

Sie nickte eifrig und wollte sie ihm gerade vorstellen, da hob er abwehrend die Hände und grinste.

»Schon gut, ich glaube es Ihnen. Ich möchte allerdings, dass Sie zuerst mit der Grafikerin alles besprechen und mir einen Bericht mit den Alternativen einreichen, bevor sich der Vorstand oder ich für eine Möglichkeit entscheidet.«

Apollonia nickte und klappte den Laptop wieder zu, den sie geöffnet hatte, als Herr Maunt die Entwürfe angesprochen hatte.

»Ich würde vorschlagen, Sie nehmen sich noch bis zur Mittagspause Zeit, um die Ideen fertig zu entwickeln, und dann schicke ich Frau Downes zu Ihnen ins Büro.«

Apollonia nickte und war froh, dass ihr noch ein paar Stunden blieben, ehe sie ihre Ideen präsentieren sollte. Seit sie in London zu arbeiten begonnen hatte, spürte sie einen Druck auf den Schultern, als wäre die Arbeit in der Hauptstadt des Landes mehr wert und bedeutender als noch in ihrer Heimatstadt.

Ohne ein weiteres Wort verließ Herr Maunt das Zimmer und die Luft in dem Büro hoch über den Straßen schien sich zu entladen, als hätte er die Quelle für die Anspannung mit sich aus dem Raum genommen.

Wie Apollonia so hinausblickte und den Ausblick genoss, über die Dächer der unzähligen Häuser zu schauen, wanderten ihre Gedanken. Sie hatte es sich selbst verboten, zu viel zu denken und doch konnte sie es nicht ganz aufhalten.

All die Dinge, die Phoebe nie sehen würde,

alles, was sie verpasste und eigentlich ein Lächeln auf ihre Lippen gezaubert hätte. Das neue Album ihrer Lieblingssängerin, eine neue Staffel einer guten Serie, ein aufregender Kinofilm – alles war bedeutungslos.

Als hätte das letzte Wort einen Alarm in Apollonias Kopf angeschaltet, löste sich dieser von den schweren Gedanken und Apollonia richtete die Augen auf den Bildschirm ihres Laptops. Sie hatte Arbeit und auf die sollte sie sich jetzt konzentrieren. Allzu viel Zeit hatte sie ja nicht mehr.

Kapitel 5

Philomena

Vier Stunden.

Heute musste sie nur vier Stunden im Büro überstehen.

Ihr Chef hatte ihr vor einigen Minuten eine Mail geschrieben, in der stand, dass sie sich heute gegen Mittag in der Firma einfinden sollte, um das neue Projekt zu besprechen. Danach würde sie noch ein paar Dinge im Büro abarbeiten, um dann gegen sechzehn Uhr wieder nach Hause zu gehen.

Philomena mochte es, wenn ihre Tage durchgeplant waren und sie sagen konnte, zu welcher Uhrzeit sie wo sein würde. Es machte die Welt um einiges erträglicher, gerade nach der letzten Nacht.

Die dunklen Gedanken trieben sich noch immer in ihrem Kopf herum. Besonders jetzt, da sie nach ihrer Pillendose griff, wurden sie lauter und lauter, als hätten sie Angst, von der Medikation vertrieben zu werden; so, wie

Philomena es geplant hatte.

Schon seit sie denken konnte nahm sie Medikamente für ihren Zustand und hatte auch schon einige Wochen verschiedener Jahre in Kliniken verbracht. Seitdem sie ausgezogen war, waren einige Ängste besser geworden, doch stattdessen meldeten sich andere zu Wort. Es schien wie ein endloser Kreislauf, der es zum Ziel hatte, sie in sich einzuschleusen und niemals wieder loszulassen.

Eine nach der anderen verschwanden die Pillen in Philomenas Mund und sie spülte sie mit Tee hinab.

Ganz langsam bewegte sie sich zur Dusche, darauf bedacht, nicht zu fallen. Ihre Medikamente waren so stark, dass ihr immer wieder schwindelig wurde. Doch dieser Morgen schien ein guter zu sein, denn sie duschte, zog sich an und erledigte noch einige Dinge im Haushalt ihrer kleinen Wohnung bis sie sich auf den Weg zur Arbeit machte.

*

Jetzt, da die frühe Mittagssonne über London stand, wirkte selbst eines der schäbigsten Viertel der Stadt wie ein wahrgewordener Traum.

Die Kirche schien mit ihrem hellen Stein zu leuchten und der Gestank nach Urin war fast ganz verschwunden. Die vielen Läden, die hauptsächlich von ausländischstämmigen Bürgerinnen und Bürger geführt wurden, öffneten nach und nach. Als Philomena gerade an einem Laden vorbeilief, dessen Eingangsschild auf *OPEN* geswitcht worden war, fiel ihr auf, wie viel Glück sie eigentlich hatte – wenn man von ihrer Krankheit absah.

Sie durfte in der Stadt leben, in der sie aufgewachsen war und in die sie sich schon als Kind verliebt hatte. In ihrem Kopf existierte keine andere Stadt, nur diese hier, die so viel Leid in sich trug, aber auch so viele Wunder hervorbrachte.

Schnell war sie bei dem großen gläsernen

Gebäude angekommen, das sie mit einigen Rolltreppen zur Tube brachte. Sie hatte etwa zehn Minuten und einen Umstieg vor sich und dennoch blieb sie ruhiger als sie selbst erwartet hätte.

Ihre schwarzen Locken hatte sie aufgegeben zu bändigen und deshalb hingen sie ihr an den Schultern hinab, während sie sich an einer Stange in dem fahrenden Zug festhielt, damit sie nicht fiel, wenn er bremste.

Wie alle anderen Mitfahrer auch, hielt sie die Augen auf den Boden geheftet; nur die Touristen tanzten aus der Reihe. Diese musterten die Menschen um sich meist so genau, dass es schon fast eine Frechheit war, und doch sagte niemand etwas. Sie waren nicht von hier. Sie wussten es nicht besser.

*

In dem reichen Viertel angekommen, in dem auch die große Firma mit dem merkwürdigen Namen *Snucky* lag, für die

Philomena arbeitete, lief sie eilig durch die Glastüren und auf den Aufzug zu.

Ihr Boss hatte ihr gleich die Beschreibung zum Büro der Marketingkommunikatorin geschickt und sie sah auf ihr Handy, um noch einmal das Stockwerk zu checken. *16, okay.*

Der Aufzug war schnell und doch nicht schnell genug. Philomena hasste Begegnungen wie diese, weil sie nicht wusste, was sie zu erwarten hatte. War die Mitarbeiterin nett? Würden sie miteinander reden können oder war sie so abgehoben, dass das gesamte Gespräch fast nur aus Schweigen bestehen würde?

Die Anzeige sprang auf die 16 und Philomena drückte sich an anderen Mitarbeiterinnen und Mitarbeitern vorbei, um aus dem Glaskasten herauszukommen.

Jetzt frage ich nach einer Frau ... Green.

Philomena trat an einen Mann heran, der sich gerade an dem Wasserspender im Gang eine Erfrischung holte.

»Entschuldigen Sie bitte«, fragte Philomena

mit der englischen Freundlichkeit, über die andere Nationen nur spotteten. »Ich suche eine Frau Green. Sie muss hier für das Marketing zuständig sein.«

Der Herr nickte und zeigte auf die zweite Tür auf der rechten Seite. »Sie ist da drin.«

Philomena nickte und bedankte sich.

Ein letztes Mal atmete sie tief durch, tastete nach ihren Unterlagen und dem Laptop, damit sie im Büro der Marketingfrau nicht zu lange suchen musste. Dann klopfte sie.

Kapitel 6

Apollonia

»Herein!«

Apollonia schaute von ihrem Laptop auf und sah, wie eine junge Frau in ihr Büro trat. Anders als die meisten Leute in dieser Firma, schien auch sie sich nicht zu viel aus vornehmer Kleidung zu machen, sondern stand in einer dunklen Jeans, einem weißen T-Shirt und offenen Haaren vor ihr. Irgendetwas an ihr war spannend. Waren es die warmen, braunen Augen? Oder eher die Unsicherheit, mit der die Frau ihren Körper bewegte, als wollte sie im nächsten Moment losrennen?

»Kann ich Ihnen helfen?«, fragte Apollonia und schenkte der jungen Frau, die höchstens fünf Jahre älter sein konnte als sie, ein Lächeln. Dafür hatten sie ihre Mitmenschen schon immer beneidet. Egal, wie schlecht es Apollonia ging, sie konnte ein Lächeln aufsetzen und die Welt würde sie für die glücklichste Frau der Erde halten.

Die junge Frau räusperte sich.

»Mein Name ist ... Philomena Downes. Ich bin Designerin.«

Philomena? Fast hätte Apollonia gelacht. Wie hoch war wohl die Wahrscheinlichkeit, dass sie auf eine Person traf, die genauso viel Glück mit ihrem Vornamen gehabt hatte wie sie?

Stattdessen stahl sich nur ein kleines Grinsen auf Apollonias Gesicht; sie erhob sich und streckte Philomena die Hand hin.

»Hallo, ich bin Apollonia. Mein Boss hat gesagt, dass ich heute Besuch bekomme.«

Ob Philomena gerade dasselbe dachte wie Apollonia noch Sekunden zuvor? Sie schien sich ein bisschen zu entspannen und fast war Apollonia ihrem Chef dankbar, dass er sie wohl ihr gegenüber nicht mit dem Vornamen erwähnt hatte, sonst wäre dieser Moment jetzt nicht gewesen.

»Also, Philomena«, begann sie und schaute auf die große Tasche, die die Frau mitgebracht hatte. »Es ist doch okay, wenn wir uns mit dem Vornamen ansprechen, oder?«

Die junge Frau ihr gegenüber lächelte sacht und nickte. Apollonia hatte genau davor Angst gehabt. Sie wollte kein Meeting halten, in dem eine Person nicht den Mut hatte, überhaupt zu sprechen. Aber bei Philomena schien es anders. Es war, als wollte sie etwas sagen, als würde sie einen stundenlangen Monolog halten, nur konnte sie nicht. Das war ein gewaltiger Unterschied.

Apollonia beschloss, sie aus ihrer Pein zu befreien und das Zepter in die Hand zu nehmen.

»Hast du schon eine Designidee oder soll ich dir zuerst meine Vorschläge zeigen?«

Zum ersten Mal nahm sich Apollonia die Zeit, Philomena ins Gesicht zu sehen. Die braunen Augen, die ihr schon zuvor aufgefallen waren, rundeten ein weiches, rundliches Gesicht ab, das von so viel Herzlichkeit zeugte, dass es fast wehtat, wegzusehen. Ihre Lippen waren leicht geschwungen und die kleine Stupsnase verlieh der jungen Frau einen solchen Charme, dass Apollonia sich sicher war, dass die Welt ihr zu Füßen liegen musste.

Erst dann bemerkte sie, dass Philomena die ganze Zeit über leicht wippte, als könnte sie nur auf diese Art und Weise Apollonias Gegenwart aushalten.

Für einen Augenblick musste Apollonia die Augen schließen. Sie kannte diese Bewegung, denn Phoebe hatte das auch immer gemacht. Meist, wenn ihr alles zu viel geworden war, hatte sie begonnen mit den Beinen zu wippen und irgendwann war ihr gesamter Körper nachgezogen.

Apollonia versuchte, sich zusammenzureißen, und schaute der jungen Frau wieder ins Gesicht. Diese räusperte sich leise und antwortete auf die Frage, die Apollonia schon fast wieder vergessen hatte.

»Ich habe ein paar Designs vorbereitet, einen Moment.«

Sie holte einen Laptop aus ihrer Tasche, der

wohl schon eingeschaltet gewesen sein musste, denn sie drückte nur einen Knopf und drehte dann schon den Bildschirm zu Apollonia. Sie beugte sich vor und fast wäre ihr die Kinnlade heruntergeklappt.

Sie hatte schon mit vielen Designerinnen und Designern gearbeitet und schon viele erste Entwürfe gesehen, doch das war eine Ausnahme. Die Farben waren perfekt ausbalanciert und es sah aus, als würde die schöne Kombination aus verschiedenen Farben von dem Screen springen und sich sofort auf jede Leinwand der Stadt kleben, um die Menschen zu zwingen, die Sommerprodukte von *Snucky* zu kaufen.

»Wow«, entfuhr es Apollonia jetzt und zum ersten Mal schien die Frau ihr gegenüber ein wenig auszuatmen.

»Das freut mich.« Leise hatte sie die Worte gesprochen und sie wartete, als wollte sie Apollonia die Chance geben, sich zu erholen, bevor sie wieder sprechen musste.

Erst nach weiteren dreißig Sekunden erhob

Apollonia die Stimme. Ihr Blick fand das Gesicht von Philomena auf der anderen Seite des Schreibtisches und es war fast nicht zu fassen, wie eine solch scheue Person ein solches Werk erschaffen konnte. Jetzt, da sie genauer in ihre Züge sah, bemerkte sie, wie uneben ihr Gesicht wirklich war. Die junge Frau war hübsch, keine Frage, doch keine klassische Schönheit. Fast, als wäre jedes ihrer Körperteile allein ein wenig schief, doch zusammen bildeten sie ein perfekt harmonisches Bild.

»Ich glaube, ich kann meine Entwürfe wegwerfen. Es ist ... perfekt, würde ich sagen.« Und Apollonia meinte jedes Wort. Langsam ließ sie eine Hand durch ihr braunes Haar gleiten. Die meisten Frauen in dieser Firma gifteten einander an, ständig in Angst, eine könnte besser sein als die andere. Apollonia hatte von solchen Disputen noch nie etwas gehalten. Jeder Mensch hatte Stärken und Schwächen – Punkt.

»Ich glaube, wenn wir noch Details

besprechen, die genauen Worte, dann können wir den Entwurf schon in den nächsten Tagen vorstellen.«

Warum wurde Apollonia immer nervöser? War es die Angst der Frau ihr gegenüber, die sie ansteckte? Sie bemerkte, dass ihre Handflächen schwitzten und so schnell sie konnte, nahm sie die Hände unter den Schreibtisch. Sie hasste es, wenn jemand Schweiß auf ihrer Haut sah. Es war einfach ... eklig.

»Sollen wir dann anfangen?«

Es waren die einzigen Worte, die sie herausbrachte und ihr Gegenüber schien noch immer nicht interessiert daran, etwas zu sagen. Philomena nickte nur.

Wie komisch dieses Treffen ist. Wie merkwürdig, uns beide in einem Raum zu haben, dachte Apollonia. Irgendetwas an der Frau ihr gegenüber verunsicherte sie ... Doch was?

Sie verdrängte den Gedanken und hoffte, dass die Arbeit sie ein wenig ablenken würde.

Eilig startete auch sie ihren Computer und las Philomena einige Minuten später die Slogans vor, die sie sich überlegt hatte und die ihrer Meinung nach zu dem schönen Werbebild passten. Schnell hatten sie sich auf einen geeinigt.

Das Bild zeigte einen Sonnenuntergang, der sich perfekt von dem hellen Orange zu einem angenehmen Hautton entwickelte und so das Gesicht der gezeichneten Frau erhellte, die sich am Rande des Bildes befand. Es war so beeindruckend, dass man erst einige Minuten auf das Bild schauen musste, um zu verstehen, was darauf geschah.

Der Titel lautete: »Die Sonne schafft die schönsten Farben. *Snucky* packt sie Ihnen in Tuben.«

Zufrieden lehnte sich Apollonia zurück und auch Philomena schien sich etwas zu entspannen. Vielleicht war es die Aussicht, dass das Treffen bald enden würde, da sie für heute fertig waren. Doch konnte es auch etwas anderes sein?

Bevor Apollonia wieder etwas sagen konnte, klopfte es an ihrer Bürotür und der Chef trat ein.

»Ah, Sie sind beide noch beschäftigt«, meinte er und drehte sich fast wieder zum Gehen, als Apollonia ihm widersprach: »Wir sind fertig, Sir.«

Herr Maunt lief zu Philomenas Laptop, auf dem sie alles in die Grafik eingearbeitet hatten, und schaute auf das Ergebnis. Zu Apollonias Erleichterung zogen sich seine Mundwinkel zu einem Lächeln hinauf. »Das gefällt mir richtig gut. Super Arbeit.«

Philomena versuchte sich an einem Lächeln, das leicht schief wirkte und Apollonia nickte zufrieden.

»Ich denke, es wird auch den anderen Vorsitzenden gefallen. Wie wäre es damit? Es ist zwar erst vierzehn Uhr, aber ich würde Sie beide gern heute Abend mit meinen Kollegen zum Essen einladen. So kommen Sie um eine offizielle Präsentation herum und falls es noch Anmerkungen gibt, können Sie diese einarbeiten, bevor es offiziell wird.«

Apollonia war noch nie von Herrn Maunt zu irgendetwas eingeladen worden und war für den ersten Moment perplex. Auch Philomena sagte nichts, doch nicht, weil sie überrascht war. Ihre Emotionen schienen von einem Moment auf den anderen zu wechseln und sie sah gestresst und gleichzeitig verzweifelt aus.

Ihr Boss räusperte sich, lächelte Apollonia an und diese erwachte aus ihrer Trance. »Das klingt sehr gut, Sir. Vielen Dank.«

Er wartete die Antwort von Philomena nicht mehr ab. »Fantastisch. Kommen Sie bitte zum St. James´s in Mayfair auf neunzehn Uhr heute Abend.«

Ohne ein weiteres Wort verließ Herr Maunt ihr Büro.

Apollonia hatte schon von dem Hotel und Restaurant gehört, doch es war so teuer, dass sie sich noch nicht einmal getraut hatte, die Website zu besuchen. Sie wohnte bei ihren Eltern und jetzt sollte sie so schick essen gehen? Sie wollte sich gerade Gedanken darüber machen, was sie wohl anziehen sollte, als ihr Blick wieder auf Philomena fiel.

Diese schien Probleme zu haben, zu atmen, und ihr Gesicht war eine Maske aus Schmerz. »Hey, ist alles gut?«

Apollonia lehnte sich über den Schreibtisch und legte der jungen Frau fast reflexartig eine Hand auf den Unterarm. Als hätte sie ihr einen elektrischen Schlag verpasst, zuckte Philomena zurück und sprang von ihrem Stuhl auf. Schneller als der Schall packte sie ihren Laptop, stopfte ihn in die Tasche und rannte aus dem Büro.

Apollonia verstand die Welt nicht mehr und sank verunsichert auf ihren Bürostuhl zurück.

Was war nur los mit dieser jungen Frau?

Kapitel 7

Philomena

Ich muss hier raus.

Ich muss hier raus.

Was war nur los? Philomena verstand es nicht und gleichzeitig kapierte es jede andere Zelle in ihrem Körper außer denen, die in ihrem Kopf saßen. Sie konnte es nicht. Sie hatte Angst.

Der Aufzug bewegte sich nicht schnell genug und es schien Jahrhunderte zu dauern, bis sich die Türen endlich im Erdgeschoss öffneten und Philomena hinaus auf die vollen Straßen Londons stürmen konnte. Ihr Herz schlug so schnell, dass sie sicher war, es würde bald aus ihrem Körper springen und einen Londonmarathon laufen.

Philomena kannte dieses Gefühl und stolperte jetzt an der frischen Luft weiter, um an einen Hauseingang zu kommen, an dem sie sich auf den Treppenstufen niederlassen konnte.

Niemand sprach je bei einer Panikattacke davon, was diese mit dem gesamten Körper anstellte. Ja, man schwitzte, es wurde einem schwarz vor Augen und doch tat eine Panikattacke auch ... weh. Jeder Muskel spannte sich an und es war eine Pein auch nur einen Atemzug zu nehmen und die Luft nach ihrem Gebrauch wieder hinaus in die Welt zu entlassen.

Zittrig ließ sie sich nieder und kramte mit einer schwitzigen Hand in ihrer Tasche herum. Es dauerte nur Sekunden, da fanden ihre Finger die Schachtel mit Tabletten, die sie immer mit sich trug. Meist gab ihr allein die Gewissheit, dass die Pillen in ihrer Tasche waren, ein gutes Gefühl. Nicht heute. Alles war zu viel.

Eilig ließ sie den Blister aufspringen und nahm eine kleine, leicht grünliche Tablette heraus. Sie klemmte sie zwischen die Lippen und holte eine Flasche Wasser aus der Seitentasche.

Die Tablette glitt ihr den Hals hinab und als

würde sie schon jetzt wirken, entspannten sich die ersten Muskeln in Philomenas Körper.

Normalerweise halfen ihre Tabletten dabei – gerade die, die sie täglich nahm – ein einigermaßen normales Leben zu führen und doch kam sie an ihrer Diagnose nicht vorbei.

Es war vor mehr als fünf Jahren gewesen und seitdem waren zwei weitere hinzugekommen, doch keine war verschwunden.

Die drei Worte schwirrten immer in Philomenas Kopf herum:

Depression
Angststörung
Panikstörung

Philomena sog scharf die Luft ein, wenn sie nur an die vierunddreißig Buchstaben dachte, die sie mittlerweile so gut kannte.

Diese drei Worte hatten ihr das Leben versaut. Tränen bildeten sich in ihren

Augenwinkeln und doch war es schwer, sie überhaupt zuzulassen. Meist wechselte ihr Körper nach einer Panikattacke so schnell in den Modus der Gleichgültigkeit, der die Depression so teuflisch machte. Nicht heute.

Sie konnte es einfach nicht fassen, dass sie aus dem Büro der netten jungen Frau gestürmt war, die sich so freundlich ihr gegenüber verhalten hatte. Apollonia, war ihr Name. Auch jetzt musste Philomena trotz ihres Zustandes schmunzeln. Sie hatten wohl beide die gleiche Art von Eltern erwischt. Sonst würde nie jemand im Internet auf die Suche gehen und sich denken: »Hey, lass uns einen alten, griechischen Namen für unser Kind wählen, der so richtig protzig klingt.«

Der Gedanke daran ließ Philomena fast lächeln und sie war froh, als sie spürte, wie sich langsam die Wirkung ihrer Notfalltablette entfaltete und ihr wieder das Gefühl gab, am Leben zu sein.

Einatmen. Ausatmen.

Es funktionierte fast alles wieder, wie es sollte und doch wollte sie sich noch nicht erheben.

Warum war sie plötzlich so durchgedreht?

Wahrscheinlich war es der Umstand gewesen, dass sich ihre Planungen für den heutigen Tag geändert hatten. Sie musste heute Abend mit fremden Menschen essen gehen und das, obwohl es sie schon zu sehr angestrengt hatte, über die Mittagszeit einigermaßen kommunikativ mit ihren Kolleginnen und Kollegen zu sein.

Einatmen. Ausatmen.

Es war für gesunde Menschen nicht zu verstehen, was in dem Kopf einer Person mit Depression vorging, aber es war kein Spaß. Es war ernst und meist konnten Kleinigkeiten eine ganze Welt zum Einstürzen bringen.

Jetzt, da ihr Geist wieder ihrer war, wog Philomena die Optionen gegeneinander auf. Sie strich sich sanft durch die schwarzen Locken und nahm einen weiteren Schluck ihres Wassers.

Sollte sie für heute Abend absagen? Das konnte sie nicht, denn sie sollte ihre Arbeit vorstellen. Sollte sie erscheinen und dann kurz darauf wegen vorgetäuschter Übelkeit das Restaurant wieder verlassen? Vielleicht würde sie so nervös sein wie noch Momente zuvor, dann musste sie ihren Zustand noch nicht mal vorspielen.

Egal wie, sie klammerte sich an den Gedanken, dass Apollonia nett zu ihr gewesen war. Die junge Frau hatte von Beginn an Herzlichkeit ausgestrahlt, auch wenn sie ebenfalls unsicher gewirkt hatte. Wahrscheinlich mochte sie das Treffen mit Fremden genauso sehr wie Philomena selbst.

Nein, sie wollte Apollonia nicht hängen lassen. Langsam erhob sie sich und testete, ob ihre Beine ihr Gewicht würden halten können. Sie zitterten kaum mehr und schienen so stabil, wie es in diesem Moment möglich war.

Okay, ich schaffe das.

Mit neu gefundenem Vertrauen lief

Philomena in Richtung der Tube Station, die ihrem jetzigen Aufenthaltsort am nächsten war.

Sie würde nach Hause gehen, sich ausruhen und heute Abend pünktlich vor dem Restaurant stehen, das ihr Boss ausgewählt hatte.

Es würde alles klappen.

Wahrscheinlich sprach die Beruhigungstablette aus ihr, doch für den Augenblick nahm sie alles, was ihr auch nur ein wenig Halt bot.

Die Wasserflasche steckte sie zurück in ihre Tasche und mit ihr das Tablettenpäckchen.

Leichte Regentropfen nieselten vom Himmel und wie jeder andere Londoner ignorierte Philomena die Nässe und lief unter dem Himmel, der immer grauer wurde, zur Station.

Kapitel 8

Apollonia

Apollonia saß noch einige Minuten an ihrem Schreibtisch und starrte auf den leeren Stuhl, den die junge Frau hinterlassen hatte.

Was war das denn gewesen?

Noch immer konnte sie nicht in Worte fassen, warum ihr das Verhalten von Philomena so bekannt vorkam und doch faszinierte diese junge Frau sie. Am liebsten wäre sie ihr nachgerannt, hätte ihr ein Glas Wasser angeboten oder einfach nur ein Ohr, falls sie reden wollte. Doch Apollonia hatte sich nicht getraut. Es war, als wäre sie paralysiert gewesen.

Langsam ließ Apollonia eine Hand durch ihr Pony gleiten und strich sich dann über das Gesicht, als müsste sie jeden Muskel einzeln aufwecken. Erst dann wurde es ihr bewusst: Sie würde Philomena heute Abend wiedersehen.

Das Gefühl, das mit dem Gedanken

mitschwang, war merkwürdig und hatte etwas von der Vorfreude auf eine Prüfung – danach würde man endlich frei sein und doch das Ungewisse etwas besser in Worte fassen können.

Apollonia blinzelte einige Male und schaute dann auf die Uhr auf ihrem Schreibtisch.

14:56 Uhr.

Sie hatte ungefähr vier Stunden, dann müsste sie am Restaurant sein. Noch immer war sie beeindruckt von der Kunst, die Philomena ihr vorgestellt hatte, und beschloss, dass sie nicht auch nur die kleinste Kleinigkeit ändern wollte; deshalb schloss sie ihren Laptop. Sie war sich ziemlich sicher, dass die Chefs es genauso sehen würden.

Vielleicht könnte Apollonia ihre Eltern in einem aufmerksameren Zustand antreffen, wenn sie jetzt Feierabend machte und vor ihnen zuhause war. Vielleicht könnte sie sich dann wenigstens einreden, dass sie den kommenden Abend genießen würde, wenn sie mal wieder die Stimmen ihrer Eltern gehört hatte.

Eilig packte Apollonia all ihre Sachen zusammen und knipste ihre Schreibtischlampe aus, die sie trotz der hellen Tageszeit immer anbehielt. Es verlieh dem Schreibtisch etwas Warmes und machte das Arbeiten um einiges angenehmer.

*

Es war kurz nach sechzehn Uhr, als Apollonia endlich die Tür zu ihrem Zuhause aufstieß. Sie hatte etwa zwei Stunden daheim, dann müsste sie schon wieder los, wenn sie das Restaurant pünktlich erreichen wollte.

»Hallo?«

Sie stellte die zweisilbige Frage in den Raum und nichts geschah.

Langsam platzierte Apollonia ihre Tasche auf dem Boden neben der Tür und zog ihre Stiefel aus. Die Schuhe ihrer Eltern fehlten –

also waren sie wirklich nicht daheim. Sie wollte die Minuten noch nutzen, bevor ihre Eltern kamen, um sich herauszusuchen, was sie heute Abend tragen wollte. Apollonia war nicht unbedingt ein Fan von Kleidern, aber manche Anlässe erforderten eben eines.

Sie lief in ihr chaotisches Zimmer und machte sich an einigen Kartons zu schaffen. Sie wusste, dass in einem von ihnen ihr schönes rotes Kleid versteckt war, das sie sich zu ihrem letzten Geburtstag gekauft hatte. Damals war Phoebe noch bei ihnen gewesen und allein der Gedanke sorgte dafür, dass Apollonia kurz innehalten und sich sammeln musste. Schon vor fast einem Jahr war es ihrer kleinen Schwester schlecht gegangen, nur keiner hatte wirklich verstanden, wie schlecht. Alle hatten es abgetan, als wäre ihre Krankheit ein gewollter Zustand, der sich in ein paar Monaten ändern und eine ganz andere Version ihrer Schwester ausspucken würde.

Idiots. Fools. Morons.

Apollonia wollte so viele Worte für all die Menschen finden, die dafür gesorgt hatten, dass ihre Worte Phoebe so hart getroffen hatten, dass ihr Zustand sich immer weiter verschlechtert hatte. Nur eine Sache vergaß sie dabei nie: Sie selbst hatte auch nichts getan. Sie war überfordert gewesen, auch wenn sie Phoebe mehr als einmal gesagt hatte, dass sie immer für sie da war; besonders, wenn sie reden wollte. Es hatte nichts genutzt.

Eine Träne lief Apollonia die Wange hinab und sie hasste es. Einfach alles.

Das Gefühl, das sie jeden Tag von neuem erleben musste. Die Hilflosigkeit. Und letztlich die Gewissheit, dass sie nie würde etwas ändern können. Es war zu spät.

Ein Geräusch riss sie aus ihrer Trance und sie wischte sich eilig die Feuchtigkeit von der Wange. Rasch legte sie das rote Kleid auf den obersten Karton, in dem sie es gerade gesehen und herausgezogen hatte, dann verließ sie schnellen Schrittes das Zimmer.

»Mum?«

Es war fast ein Schock, ihre Mutter in Bewegung zu sehen, wie sie zur Tür hereinkam. Apollonia hatte sie so viele Tage immer nur reglos auf der Couch sitzen sehen. Ihre Augen waren fast überfordert von dem, was sie vor sich sahen.

»Mum?«, fragte sie noch einmal, dann drehte sich die Frau um, die nur noch ein Schatten ihrer selbst war. Auch jetzt – in der Helligkeit des Nachmittags – musste Apollonia schwer schlucken. Hätte ihr jemand vor zwei Jahren ein Bild ihrer Mutter gezeigt, wie sie heute aussah, sie hätte es nicht für möglich gehalten. Sie schluckte und fragte ihre Mutter auf Englisch: »Wie geht es dir?«

Die Frau mittleren Alters schaute fast schon erstaunt auf ihre Erstgeborene und zuckte nur mit den Schultern.

Apollonia hasste dieses Gefühl. Sie musste die Erwachsene sein, obwohl sie nichts lieber täte, als sich zusammenzukauern wie ein frisch geborener Säugling. Auf eine Art und

Weise hasste sie auch ihre Eltern dafür. Sie durfte nicht zusammenbrechen, durfte nicht in sich zusammenfallen, denn das taten ihre Eltern. Dann gäbe es niemanden mehr, der sich um alles kümmerte.

»Wie war dein Tag?«

Apollonia versuchte es noch einmal, doch diesmal zeigte ihre Mutter gar keine Reaktion. Warum antwortete sie nicht? War sie ihr so egal?

Ohne ein Wort lief ihre Mutter ins Wohnzimmer und setzte sich auf die Couch. Es dauerte nur ein paar Sekunden, dann starrte sie wieder ins Leere.

Das konnte ... Nein, das durfte doch nicht sein!

Jetzt stiegen Tränen in Apollonia auf, doch diese waren anderer Art. Sie hatte es so satt. So sehr.

Als sie herumwirbelte und in ihr Zimmer stürmte, wirbelte sie den Staub auf, der die Wohnung fest im Griff hielt. Sie hatte es einfach noch nicht geschafft, zu putzen.

Die Tür schlug sie hinter sich zu.

Gedanken rasten in ihrem Kopf und in diesem Augenblick wurde ihr eines bewusst:

Phoebe hatte nicht nur sich umgebracht.

Sie hatte die gesamte Familie mit sich gerissen.

Apollonia hatte in diesem Moment nur einen Wunsch und dieser war so stark, dass sie fast unter seiner Last zusammenbrach:

Warum hast du mich nicht mitgenommen?

Warum bin ich hier und du bist weg?

Ich wünschte, ich wäre an deiner Stelle.

Tot und weit weg von hier.

Weit weg von einfach allem.

Kapitel 9

Philomena

Das Hotel St. James´s in Mayfair sah genauso aus, wie Philomena es sich vorgestellt hatte.

Edel und pompös.

Weißer Stein umrahmte einen warm beleuchteten Eingang und alles sah aus, als wäre es aus einem Film entsprungen.

Philomena fand kaum Worte dafür und das, obwohl Kunst und Design ihre Welt waren. Sie würde wahrscheinlich ganze Aufsätze über die Gestaltung und den Stil schreiben können und doch war der Eindruck gerade so überwältigend, dass sich alle Worte in ihrem Kopf in Seifenblasen verwandelt hatten, die schmucklos zerplatzten.

Philomena strich sich nervös den Hosenanzug glatt, den sie sich für den heutigen Abend ausgesucht hatte, und dessen warmes Rot ihr schon immer gefallen hatte. Ihre langen Haare hatte sie zu einem strengen Pferdeschwanz gebunden und doch sah sie nicht aus wie eine verirrte Lehrerin, wie sie fand. Es passte zu ihr.

Im Internet hatte sie sich natürlich über die Location schlaugemacht und herausgefunden, dass sie nicht direkt im St James´s essen würden, sondern im Seven Park Place, dem Restaurant, das seit 2009 Teil des Hotels war. Es hatte sogar einen Michelin Stern.

Das ganze Viertel war wunderschön und dieses Hotel schien das perfekte Bild noch abzurunden.

Fast schon beschämt dachte Philomena an die Gegend, die sie ihr Zuhause nannte und noch einmal strich sie sich nervös über ihr Outfit. Wenn die Menschen wüssten, dass sie in Whitechapel wohnte, hätten sie sie mit Sicherheit nicht hierher eingeladen.

Unwillkürlich fragte sie sich, wo wohl Apollonia wohnte. Sie hatte die junge Frau zuvor noch nie gesehen und doch strahlte sie eine verletzliche Herzlichkeit aus, dass sich

Philomena gleich wohl um sie gefühlt hatte. Die Panik, die bei der Änderung der Pläne für diesen Tag über sie gerollt war, hätte niemand abwenden können und sie war Apollonia im Stillen dankbar, dass sie ihr nicht gefolgt war. In Momenten wie diesen brauchte sie Zeit für sich und ihre Medikamente. Eine lange Zeit hatte sie sich gegen die Medikation gewehrt, nur um dann zu verstehen, dass sie sie brauchte. Keiner, der an einer körperlichen Krankheit litt, fragte sich, ob er die Tabletten für seinen Zustand wirklich zu sich nehmen sollte. Warum also sollte sie sich darüber den Kopf zerbrechen?

Jemand räusperte sich hinter ihr.

»Entschuldigen Sie, Miss. Aber Sie stehen jetzt schon einige Minuten am Eingang. Wünschen Sie einzutreten?«

Der Butler, der hinter Philomena erschienen war, sprach höflich und doch war sein Ton gespickt mit etwas, das sie nicht einordnen konnte. Ob er wohl wusste, dass sie normalerweise nicht in Kreisen wie diesen verkehrte?

»Ich bin von meinem Boss eingeladen. Ich warte noch auf ihn.«

Der Butler verzog das Gesicht und musterte sie von Kopf bis Fuß.

»Ma´am, Sie scheinen keine Kenntnis davon zu haben, aber in unserem Restaurant besitzen wir einen separaten Bereich, in dem Sie verweilen können bis ihre Gesellschaft eintrifft. Bitte folgen Sie mir.«

Natürlich ... Niemand wartete jemals vor einem teuren Restaurant auf seine Freunde oder Kollegen. Es war ein Anfängerfehler und Philomena fühlte sich in diesem Moment so dumm, dass sie am liebsten losgerannt wäre und sich versteckt hätte. Wahrscheinlich mit einer Beruhigungstablette schon halb in ihrem Mund.

Der Butler ließ sie in einem vornehm dekorierten Raum mit Polstermöbeln zurück. Nur Sekunden später erschien eine Kellnerin, die so schick angezogen war, dass Philomena sie im ersten Moment gar nicht als solche erkannte.

»Miss, welche Gesellschaft erwarten Sie?«

Die hochgestochene Sprache ging Philomena langsam auf die Nerven und doch ließ sie es sich nicht anmerken. Sie wollte nicht abgestempelt werden. Deshalb versuchte sie, sich einen genauso kühlen Tonfall anzueignen, und sprach: »Ich erwarte Herrn Maunt, Miss.«

Shit, niemand sprach die Kellnerin mit Miss an – oder doch? – und der leicht verwirrte Ausdruck auf dem Gesicht der Frau ihr gegenüber bestätigte, dass sie Philomena durchschaut hatte. So ein Mist aber auch.

Mittlerweile hatte sie keine Lust mehr auf dieses Treffen und wollte nur noch raus hier, da sprach die Kellnerin erneut: »Die Gesellschaft hat sich schon am Tisch eingefunden. Bitte folgen Sie mir. Ich geleite Sie zu ihnen.«

Klar, jetzt war das Chaos perfekt. Verunsicherter als zuvor folgte Philomena der Kellnerin und hoffte, dass sich die Panik schnell wieder aus ihrem Körper verziehen würde. Sie konnte sich nicht erlauben, noch einmal wegzustürmen wie heute Mittag. Nein. Das Treffen war wichtig.

Ein letztes Mal fuhr sie sich über den dunkelroten Hosenanzug und betrat dann hinter der Kellnerin den Speisesaal.

Kapitel 10

Apollonia

Schon einige Minuten saß Apollonia mit ihrem Chef und zwei weiteren hochrangigen Vertretern der Firma an einem Tisch und wartete auf Philomena.

Ob die junge Frau wohl kommen würde? Oder war ihr nach der Flucht aus dem Büro heute Mittag so gar nicht nach diesem Treffen zumute?

Apollonia hoffte, dass sie sie nicht würde mit den drei Männern sitzen lassen und am liebsten hätte sie geseufzt.

Langsam streckte sie die Hand aus und hob das Glas Wein an ihre Lippen, als sie bemerkte, dass der eine Vorsitzende schon zum wiederholten Male in den Ausschnitt ihres roten Kleides starrte. *Brrr, wie ich es hasse*, dachte sie und hätte sich am liebsten einen dicken Mantel um die Schultern gelegt, damit niemand ihre nackte Haut anstarren konnte.

Gerade, als Apollonia das Glas geleert

hatte, lief eine Bedienung auf ihren Tisch zu, Philomena im Schlepptau.

Für einen Moment stockte Apollonia der Atem.

Philomena trug einen wunderschönen Hosenanzug und zu Apollonias Belustigung war er von genau dem gleichen Rot wie ihr Kleid. Die Haare hatte Philomena streng nach hinten gebunden und doch sah sie einfach umwerfend aus, wie sie hinter der Kellnerin an den Tisch lief und sich nervös an dem Riemen ihrer Tasche festhielt.

»Guten Abend«, grüßte sie fast leise und schaute dann erst zu Apollonia auf. Für einen Moment schien sie zu stocken und ebenfalls die Farbengleichheit zu registrieren, denn ihre Mundwinkel hoben sich für ein paar Sekunden an. Dann hob sie zögerlich den Kopf und schaute die drei Männer am Tisch an.

»Ach, Frau Downes, schön, dass Sie da sind. Das hier sind Herr Faber und Herr Vance, sie arbeiten ebenfalls als Chefs in der Firma, jedoch unterstehen ihnen andere

Abteilungen.«

Fast schon scheu, wie Apollonia fand, streckte Philomena die rechte Hand aus und schüttelte die der Männer. Dann setzte sie sich auf den einzigen freien Platz neben Apollonia und schien zum ersten Mal seit ihrer Ankunft zu atmen.

»Hey.«

Apollonia hatte das Wort ganz leise gesagt und doch drehte sich Philomenas Kopf ruckartig zu ihr, als hätte sie sie mit ihrer Anwesenheit zu Tode erschreckt.

»Hi«, gab die junge Frau zurück und strich sich über den Hosenanzug, der an ihrem kurvigen Körper perfekt saß.

Als würde die Bedienung sich freuen, dass nun alle Gäste der Runde da waren, kam sie hergeeilt und nahm die Bestellungen auf. Da Herr Maunt für sie alle das Abendmenü bestellte und außer Philomena alle schon Drinks bestellt hatten, ging es schnell. Apollonia schob noch schnell ihren Wunsch nach einer großen Cola (*Coca Cola*, bitte) hinterher, dann ließ die Kellnerin sie allein.

Es dauerte keine Minute, da beugte sich Herr Maunt über den Tisch.

»Also, würden Sie bitte Ihren Entwurf zeigen und ihn etwas erläutern? Ich habe nur das Beste von Ihnen beiden erzählt.«

Als hätte Herr Maunt seine Hand ausgestreckt und ihr die Luft abgeschnitten, konnte Apollonia hören, wie Philomena scharf die Luft einsog und dann für viele Sekunden nicht mehr atmete. Es war fast schon physisch schmerzhaft, wie die junge Frau neben Apollonia litt, deshalb nahm sie ihren eigenen Computer heraus und ergriff das Wort.

»Also, wir haben zuerst Philomenas Entwurf abgewartet und dann relativ schnell einen Werbespruch ausgesucht. Ich war so begeistert von ihrer Kunst, dass ich nichts mehr daran ändern wollte. Ich denke, Sie werden mir beipflichten.«

Philomena schien noch immer wie erstarrt, weswegen Apollonia sie sanft an der Hand anstupste und damit aus ihrer Trance holte. Es dauerte ein paar Sekunden, bis sie sich fing und auch zu sprechen begann. Während die drei Männer ihr zuhörten, konnte Apollonia nur daran denken, wie vertraut ihr diese Situation war. Manchmal war ihre Schwester so weggetreten gewesen, dass es gedauert hatte, bis sie die Existenz eines anderen Menschen überhaupt registriert hatte. So kam es ihr auch bei Philomena vor. Als würde sie unbewusst nach Hilfe schreien und keiner konnte sie hören.

Nachdem Philomena alles geschildert hatte, was sie zum Design der Werbekampagne gebracht hatte, war es für ein paar Sekunden still am Tisch. Apollonia wurde plötzlich nervös. Was, wenn ihnen die Kampagne nicht gefiel? Konnten sie wirklich so weit von der Vorstellung ihrer Vorgesetzten abgekommen sein?

Dann räusperte sich der ältere von beiden, Herr Faber hieß er.

»Also ich finde den Entwurf sehr gelungen. Ich denke, so ist uns nicht nur eine gut durchgeplante Werbestrategie sicher, sondern auch eine erfolgreiche Kampagne.«

Die anderen beiden Männer nickten und Apollonia wusste nicht, ob sie noch etwas anderes gesagt hätten, wenn nicht just in diesem Moment ihre Suppe an den Tisch gebracht worden wäre.

Eine Weile aßen und schlürften alle in Ruhe, erst dann sprach Herr Maunt: »Also, dann würde ich das Projekt als Erfolg einstufen und Sie bitten, sich die nächsten zwei Wochen nur auf dieses Projekt zu konzentrieren. Wir werden es sofort an die Abteilungen weitergeben, die sich mit der Umsetzung beschäftigen und mir wäre es wichtig, dass Sie ihnen konstant über die Schulter schauen. Nur so ist gewährleistet, dass alles so vonstattengeht, wie wir es uns vorstellen.«

Apollonia nickte, doch Philomena bewegte sich keinen Millimeter. War sie enttäuscht, dass sie mit Apollonia zusammenarbeiten musste? Sie kannten sich doch noch gar nicht gut genug, als dass sie sie schon nicht mögen könnte.

Die Bedienung räumte die Suppenschüsseln ab und stellte Apollonia – nach einer erheblichen Wartezeit – das Glas Cola neben ihr leeres Weinglas.

Die drei Männer begannen sich untereinander zu unterhalten und schienen sich über eine Anomalie in den Zahlen der letzten Saison zu wundern.

Apollonia nahm einen Schluck Cola, dann drehte sie sich zu Philomena. Egal wie nervös oder abweisend die junge Frau sich gab, da war etwas an ihr, das Apollonia faszinierte und das war auch der Grund, warum sie unbedingt mit ihr sprechen wollte. Fast so, als müsste sie ein Geheimnis aufdecken und wurde von Neugier und ... Sorge getrieben.

»Wie geht es dir?«

Die Frage war die naheliegendste nach den Geschehnissen heute Mittag und doch schien Philomena überrascht, als sie bewusst zu Apollonia schaute und die Augen an ihrem Kleid hoch und runter wandern ließ.

»Ja«, brachte sie dann mühevoll heraus und Apollonia war sich nicht sicher, ob sie einfach keine Lust auf ein intimes Gespräch mit einer fast Fremden hatte oder ob es die Wahrheit war.

»Seit wann bist du Künstlerin?«

Apollonia hatte festgestellt, dass einige Designer in der Firma es so gar nicht mochten, wenn man sie als Designer betitelte. Die meisten widersprachen und sagten etwas wie: »Wir designen nicht nur Dinge, wir kreieren, wir erschaffen – wir sind Künstler.«

Philomenas Gesichtsmuskeln zuckten kurz und Apollonia hoffte, dass sie alles richtig gemacht hatte.

»Seit ich acht bin«, brachte die junge Frau dann heraus und Apollonia hatte darauf getippt, dass sie schon lange ihr Herz in die Kunst steckte. Irgendwie sah man es ihren Entwürfen an, dass sie nicht nur geschaffen, sondern mit Liebe kreiert wurden.

Normalerweise stand Apollonia nicht gern im Mittelpunkt, aber gerade wünschte sie sich,

Philomena würde auch ihr eine Frage stellen. Warum war die Frau wohl so ruhig? Fand sie Apollonia so langweilig, dass sie lediglich ihre geschäftlichen Dinge hier erledigen wollte, ohne mit ihrer Kollegin zu sprechen?

Als das Hauptessen serviert wurde, wandte sich Herr Maunt an Apollonia und Philomena.

»Bevor ich es vergesse: Dieses Wochenende findet ein Ausflug der gesamten Werbeabteilung der Firma statt. Wir verbringen zwei Nächte in Brighton und arbeiten, machen aber auch Sightseeing. Natürlich gibt es auch Einzelaktivitäten, die Sie besuchen können, falls Sie das wünschen. Können wir mit der Teilnahme von Ihnen beiden rechnen? Dann könnten Sie dort auch schon mal Ihre Kampagne ansprechen, vielleicht findet sich schon ein Team zusammen. Ich weiß, es ist kurzfristig, aber Sie hätten noch drei Tage, um zu packen. Einverstanden?«

Er grinste sie beide fast schon dümmlich an, als würde er eine andere Antwort als ein klares »Ja!« sowieso nicht akzeptieren.

Brighton war ein wunderschönes Fleckchen Erde an der Küste, doch könnte Apollonia einfach ihre Eltern sich selbst überlassen?

Die Frage schwirrte ihr nur kurz im Kopf herum. Sie würden sowieso nicht bemerken, ob sie da war oder nicht.

»Ich bin dabei.« Apollonia wollte eine solche Chance nicht verpassen und doch war ihr fast unwohl dabei, das ganze Wochenende mit Kolleginnen und Kollegen zu verbringen. Diese würden vielleicht private Dinge wissen wollen ... und dann? Sie hatte doch so gut wie kein Privatleben mehr ...

»Ich werde auch mitkommen.«

Apollonia war mehr als erstaunt, als auch Philomena zusagte und für einen Moment fixierte sie die junge Frau. Die Hilflosigkeit strahlte von ihr ab und doch schien sie nicht schwach. Es war mehr, als müsste sie die ganze Zeit einen schweren Stein mit sich schleppen. Sie war zwar stark genug, ihn zu halten, doch er durfte auf keinen Fall fallen.

Dann wäre sie verloren.

Zum ersten Mal dachte Apollonia so bewusst über einen anderen Menschen nach und fast fühlte sie sich ertappt. Warum interessierte sie sich so für die Frau, die so gar kein Interesse an ihr zu hegen schien?

Den Rest des Essens verbrachten sie mit Smalltalk, den vor allem die Männer am Tisch am Laufen hielten, dann tranken sie ihre Gläser leer und erhoben sich vom Tisch, nachdem ihr Boss bezahlt hatte.

»Dann sehe ich Sie beide spätestens auf unserem Ausflug. Am Freitagmorgen geht es los.«

Wie genau er es arrangieren würde, dass sie noch zwei Betten bekamen, war Apollonia schleierhaft. Da sie bisher nichts von dem Ausflug gehört hatte, nahm sie an, dass es nicht darum ging, eine ganze Abteilung einzuladen, sondern die Menschen, die gerade gute Ideen hatten oder sich sonst auf irgendeine Weise würdig erwiesen hatten.

Herr Maunt verließ das Hotel und die

anderen beiden Chefs nickten Philomena und Apollonia zu, dann verschwanden auch sie.

Die Stille, die zurückblieb, war nicht schwer und doch konnte sich Apollonia nicht von ihr befreien. Als hätten sie sich unbewusst abgesprochen, liefen Apollonia und Philomena los und zum Ausgang des Hotels hinaus.

Die Abendluft war kühl und doch angenehm. Im Restaurant war es fast zu warm gewesen und jetzt die Außenluft zu spüren, war herrlich, wie Apollonia fand. Gerade, weil ihre Beine nur zur Hälfte bedeckt waren und die leichten Windböen sich an ihre nackte Haut schmiegten.

»Wo wohnst du?«

Es waren die ersten drei Worte, die Philomena an diesem Abend aus eigener Initiative gesprochen hatte und fast wäre Apollonia zusammengezuckt bei der Überraschung, ihre Stimme zu hören.

»Ich wohne außerhalb. Ich muss die Tube nehmen. Und du?«

Langsam liefen die beiden Frauen nebeneinander und in Richtung der Tube-Station, die nicht weit vom Hotel entfernt war.

»Ich wohne ... nicht so weit. Ich nehme die Tube nur für vier Stopps.«

Sie beide hatten mehr vage Beschreibungen abgegeben und auch diese Gemeinsamkeit schien merkwürdig. Warum wollte keine von ihnen beiden sagen, wo sie wohnte?

»Treffen wir uns morgen gegen neun in meinem Büro?«

Apollonia lief mit der jungen Frau die Treppen der Tube-Station hinab und hoffte, sie würden denselben Zug nehmen. Komischerweise wollte sie Zeit mit Philomena verbringen, auch wenn diese kaum zeigte, dass sie überhaupt am Leben war. Allein ihre motorischen Bewegungen bewiesen diese Tatsache.

»Ja.« Die zwei Buchstaben kamen vorsichtig aus Philomenas Mund und doch schien sie sich bewusst dafür zu entscheiden, sie auszusprechen, denn sie wiederholte sie noch einmal mit fester Stimme: »Ja.«

Sie drehte sich zu Apollonia, nachdem sie mit ihren Oyster-Cards durch die Drehkreuze gegangen waren.

»Du siehst sehr hübsch aus in dem Kleid.«

Die feste Stimme zitterte nun und Philomena schaute Apollonia nicht in die Augen. Ohne ein weiteres Wort drehte sie sich um und lief die Treppen hinab, die sie zu den östlichen Teilen Londons bringen würden.

Du siehst sehr hübsch aus in dem Kleid.

Die Worte schossen Apollonia noch einige Sekunden durch den Kopf, dann lief sie geradeaus auf die westlichen Züge zu. Leider wohnten sie nicht in einer Richtung, doch Apollonia hätte sich keine schönere Verabschiedung wünschen können.

Zum ersten Mal seit so vielen Wochen lächelte sie ein ehrliches Lächeln. Fast, als hätte ihr Mund zuvor vergessen, wie er die Mundwinkel zu heben hatte, wenn Gefühle dahintersteckten.

Apollonia lächelte und das die gesamten fünfundvierzig Minuten zurück zu einer Wohnung, die alles in sich trug, aber keine Liebe.

Kapitel 11

Philomena

Philomena war es noch nie leicht gefallen, ihre Routine hinter sich zu lassen.

Gerade stand sie vor dem Spiegel und versuchte, ihre schwarzen Locken zu bändigen.

Wie hatte sie nur zusagen können, ein ganzes Wochenende außerhalb der Stadt zu verbringen? Und dann noch mit Apollonia?

Sie wusste nicht genau, was es war, aber in den Augen der jungen Frau lag so viel Verständnis, als kannte sie Philomenas Geheimnisse schon längst.

Es war Donnerstag und wie die letzten Tage auch, würden sie sich im Büro treffen und morgen früh würden sie auf den Ausflug aufbrechen. Sie hatte immer gedacht, dass solche Dinge einige Wochen im Voraus geplant wurden, doch anscheinend sah ihr Chef das anders.

Philomenas Hände zitterten bei dem

Gedanken und das Haargummi um ihre Locken zu spannen wurde zu einem wahren Kraftakt. Sie musste sich selbst überwinden, denn aus der Sache kam sie nicht mehr heraus. Sie war zwar noch nie der ehrgeizigste Mensch gewesen, doch ein wenig Erfolg im Job konnte nicht schaden. Gerade, da sie mit ihrer Kunst ihre Leidenschaft voll ausleben konnte.

Sie machte sich eine mentale Notiz, die Nachbarin zu fragen, ob sie sich um die Meerschweinchen kümmern konnte, dann würde für alles gesorgt sein.

Ein Blick auf die Uhr verriet ihr, dass es Zeit war zu gehen und doch wehrte sich jede ihrer Zellen mit Händen und Füßen.

Die Depression war nicht jeden Tag so lähmend wie an den schlimmsten und doch vergaß Philomena niemals, dass ihre Krankheit alles in ihrem Leben bestimmte. Alles wurde für sie zum Kraftakt und da halfen auch die Tabletten nur begrenzt, die sie vom Arzt verschrieben bekommen hatte. Er sagte zwar immer, dass sie akzeptieren musste, dass Heilung von einer solchen Krankheit selten war, doch es sickerte meist nur an den schlimmsten Tagen in ihren Verstand. Gerade zu der Zeit, in der ihr Körper ihr signalisierte, dass es nichts mehr auf der Welt gab, wofür es sich zu leben lohnte. *Kein Grund zu bleiben ist ein guter Grund zu gehen – oder nicht?* Das Motto ihrer Depression.

Schnell schüttelte sie die Gedanken ab. Philomena verließ ihre Wohnung und setzte den ersten Schritt auf den Asphalt Whitechapels.

Ein kleiner Junge kam ihr entgegen, als sie nach links abbog und immer, wenn sie in diesem Viertel unterwegs war, wusste sie, dass es so viele Menschen gab, die es noch viel schwerer hatten als sie. Die Kinder, die hier geboren wurden, hatten wenig Chance auf ein erfolgreiches Leben und sobald sie Teil einer Gang wurden, war eh alles vorbei. Wer in Whitechapel kommt, um zu bleiben, verlässt es nie mehr.

Zum zweiten Mal an diesem Tag schüttelte Philomena den Kopf und versuchte, sich an positiven Gedanken festzuhalten. Komischerweise tauchte dabei Apollonias Gesicht in ihren Gedanken auf und die feinen Züge, umrahmt von braunen Haaren und einem Pony, brachten sie ohne weitere dunkle Gedanken ins Büro.

*

»Guten Morgen.«

Apollonia grüßte sie freundlich und Philomena konnte nicht anders, als den Blick an der jungen Frau herabwandern zu lassen.

Sie trug einen Jumpsuit, der an ihr nicht aussah wie ein modischer Kartoffelsack, sondern wie die Abrundung von Perfektion an einem wunderschönen Körper. Fast schon beschämt, so etwas zu denken, hob Philomena den Kopf und schaute in die grün-grauen Augen der Frau ihr gegenüber.

»Hey.«

Auf dem Weg ins Büro hatte sie bei Starbucks gehalten und hielt nun zwei Becher in die Höhe, die sie in einem Papierhalter getragen hatte. »Ich hoffe, du magst den Caramel Macchiato?«

Lustigerweise erhellten Philomenas Worte die zweifarbigen Augen, die sie ins Schwitzen brachten. Die junge Frau griff schnell nach einem Becher. »Das ist toll von dir, vielen Dank!«

Philomena senkte wieder den Blick, weil sie nicht einordnen konnte, wie die Worte gemeint waren. Waren sie nur Ausdruck von Dank? War Apollonia erstaunt, dass sie ihr einen Kaffee mitgebracht hatte?

So kannte sich Philomena gar nicht. Normalerweise beschäftigte sie sich nur mit ihren eigenen Gedanken und das war Arbeit genug. Doch jetzt? Was war es an der Frau ihr gegenüber, was sie so faszinierte?

In der Regel gab ihr eigenes Gehirn ihr keine Pausen von der Litanei an Selbsthass und Angst, die sie bestimmte. Aber wenn sie bei Apollonia war, wurden die Stimmen leiser. Fast so, als wollte ihr Gehirn wissen, was Apollonia zu sagen hatte oder wie sie sie ansah und machte deshalb Platz für Gedanken an sie.

Nach einigen Momenten der Stille setzten sie sich gegenüber an Apollonias Schreibtisch und begannen, sich der Umsetzung der Werbeidee zu widmen.

Kapitel 12

Apollonia

Der Tag verflog und schon bald war es früher Abend geworden. Philomena und sie hatten viel geschafft und es sah so aus, als ob sie nur noch wenige Stunden Arbeit brauchen würden, ehe sie sich dem nächsten Schritt widmen konnten.

Es war komisch mit Philomena zu arbeiten. Nein, nicht komisch; das war das falsche Wort. Es fühlte sich aufregend an und gleichzeitig, als müsste Apollonia den ganzen Tag daran arbeiten, Philomena bei sich zu behalten und sie nicht in ihre eigene Gedankenwelt abdriften zu lassen. Doch diesen Gedanken wollte sich Apollonia nicht widmen. So hatte es sich schon einmal mit einer Person angefühlt und jetzt ... jetzt war sie nicht mehr da. Aber das konnte es nicht sein, was Philomena plagte. Nein, es gab so viele andere Probleme und Krankheiten.

Apollonia fokussierte zum ersten Mal – seit

sie sich in den Gedankenstrom begeben hatte – ihre Umwelt und sah, dass der Aufzug fast im Erdgeschoss angekommen war. Philomena war schon vor einigen Minuten gegangen, doch sie hatte noch bleiben wollen, um ein wenig Ordnung in ihrem Büro zu schaffen. Wenn sie ehrlich war, hatte sie es sowieso nicht eilig nach Hause zu kommen. Heute würde sie für das Wochenende packen, aber mehr war nicht zu tun.

Regen prasselte auf Apollonia hinab, als sie das Gebäude verließ und für ein paar Sekunden streckte sie das Gesicht in die Nässe. Heute Morgen war sie so spät dran gewesen, dass sie die Sonne nicht von Piccadilly Circus aus hatte aufgehen sehen, doch jetzt hinzugehen, machte keinen Sinn. Der Himmel war eine graue Decke, die sich langsam immer weiter über London legte. Stattdessen beschloss Apollonia, nach Hause zu fahren und vielleicht noch einige Zeit mit einem guten Buch zu verbringen.

Sie tapste durch die kleinen Regenpfützen,

die sich auf dem Bürgersteig gebildet hatten, und hielt noch einmal kurz auf dem Weg zur Tube, um sich etwas zu essen zu holen. Das liebte sie an London, seit sie hergezogen war. In ihrer Heimatstadt gab es das *House of India*, das sehr gutes Essen servierte und einen Eisladen – *Ice Cream Queens* – doch mehr Variation gab es nicht. Bis zu ihrem Umzug hatte ihr das immer gereicht, doch jetzt, da sie die Vielfalt Londons kannte, kam sie sich fast etwas naiv vor, wenn sie an die Vergangenheit dachte. Und trotzdem wünschte sie sich diese mehr als alles andere zurück.

Die Cinnamon Rolls wogen schwer in der Tüte und das Aroma um die süßen Gebäcke war fast zu schön, um wahr zu sein. Nach einem so langen Tag gönnte sich Apollonia meist das, was sie am meisten liebte: Süßes.

Mit einem guten Gefühl im Bauch trat sie in die Tube und konnte die fünfundvierzig Minuten kaum abwarten, bis sie nach Hause kommen würde, um die Cinnamon Rolls zu verspeisen.

*

An diesem Abend sparte sie es sich, einen Gruß in die Wohnung zu rufen. Stattdessen zog sie schnell die Schuhe aus und lief dann geradewegs in ihr Zimmer.

Für einen Moment blieb sie vor ihrer Tür stehen. Wie wäre es wohl, Philomena hierher einzuladen? Zeit privat mit ihr zu verbringen? Der Gedanke war ein so schöner und doch brachte ein anderer sie sofort wieder aus dem Konzept. Sie würde niemals jemanden hierher mitbringen können. Ihre Eltern waren zu Zombies mutiert und die gesamte Wohnung stank förmlich vor Enttäuschung und Lieblosigkeit. Wie war sie überhaupt auf die Idee gekommen ...?

Apollonia schloss für einen Augenblick die Lider und drückte dann die Klinke der Tür hinunter. Wie immer begrüßten sie unzählige Kisten und ihr Schreibtisch neben dem Bett.

Was würde wohl Philomena sagen, wenn sie das sehen könnte? Würde sie Apollonia für eine Chaotin halten? Würde sie sie verurteilen, dass sie noch immer aus Kartons lebte?

Eilig schloss Apollonia die Tür hinter sich und ließ sich auf ihr Bett plumpsen, wo sie sofort die Cinnamon Rolls auspackte. Der Duft war unvergleichlich und das Wasser sammelte sich in ihrem Mund wie Maden an einer Leiche. Für ein paar Minuten tat Apollonia nichts als zu essen und ihren eigenen Gedanken nachzuhängen. Sie konnte nicht sagen, wieso, doch sie wanderten immer wieder zu Philomena. Die junge Frau war ihr ein Rätsel und doch so vertraut, dass sie das Gefühl hatte, sie schon viel länger zu kennen.

Als sie die drei süßen Gebäckstücke verdrückt hatte, stand sie langsam auf und holte ihre große Reisetasche aus einer der Kisten. T-Shirts, Hosen, Unterwäsche und alles andere, was für einen Wochenendtrip notwendig war, wanderte in die Tasche und fast schon aufgeregt kontrollierte Apollonia zweimal, ob alles seine Richtigkeit hatte. Seit sie in die Hauptstadt Englands gezogen waren, war Apollonia nicht mehr verreist, doch sie bezweifelte, dass dies der einzige Grund war, warum die Nervosität sie so fest im Griff hatte. Sie würde fast drei Tage mit Philomena verbringen. Sie würden vielleicht zusammen essen, etwas unternehmen und das Meer genießen. Fast vergaß Apollonia, dass noch andere Mitarbeiterinnen und Mitarbeiter dabei sein würden und doch fühlte sie sich sicher in der Vermutung, dass Philomena und sie viele Dinge zusammen unternehmen würden. Sie waren ein Team und arbeiteten an einem gemeinsamen Projekt. Da war es sicher nur natürlich, dass sie auch die Freizeit am Wochenende zusammen verbrachten, oder?

Zum ersten Mal kam Apollonia eine Idee und sie stellte die Reisetasche auf den Boden, um den Laptop aus ihrer Arbeitstasche zu nehmen. Sie stellte ihn auf dem Schreibtisch ab und schaltete ihn ein. Wenige Sekunden später tippte sie ins Google-Suchfenster:

Philomena Downes

Ob sie wohl ein Profil bei Facebook hatte? Oder bei Instagram?

Die ersten Treffer, die die Suchmaschine anzeigte, waren nicht mit Philomena in Verbindung zu bringen und trotzdem ließ sich Apollonia nicht so schnell entmutigen. Fast jeder Mensch hinterließ einen Fußabdruck im Internet, sie musste ihn nur finden.

Nach weiteren zehn Minuten rief ihr Kopf leise: *Bingo!* Sie war auf einem Blog gelandet, auf dem einige Zeichnungen eingestellt waren und darunter ein Zitat – womöglich von Philomena selbst:

Kunst ist leise, still, und doch so laut, dass nur die wenigsten wirklich zuhören.

Apollonia gefiel dieser Satz, weil in ihm so viel Wahrheit steckte. Aber er war nicht der Grund, warum sie instinktiv wusste, dass Philomena hinter dem Blog steckte.

Auf der Titelseite prangte eine Zeichnung,

die sie nur zu gut kannte. Es war eine leicht abgeänderte Form der Zeichnung, die Philomena für die gemeinsame Werbekampagne erschaffen hatte. Auch hier war es ein Meer von Farben, in das sich die Hautfarbe der unterschiedlichsten Menschen geschlichen hatte. Dunkel, hell, leicht bräunlich – einfach jeder Hautton war vorhanden und machte dieses Kunstwerk zu etwas ganz Besonderem. Der alleinige Unterschied war, dass hier die Farben nicht so knallig waren, sondern eher matt, doch matte Farben verkauften sich nicht so gut; Apollonia verstand, warum Philomena diese Änderung vorgenommen hatte. Für *Snucky* gab es nur eines: bunt, hell, leuchtend.

Warum waren ihr die Hauttöne nicht schon früher in der Zeichnung aufgefallen? Einige Zeit verbrachte Apollonia nur damit, sich durch den Blog zu klicken, der nirgends einen Namen zu haben schien. Selbst die Webadresse lautete nur: *kunst.leise.laut.com*. Das war wohl kaum ein

Name für einen Blog. Doch gerade das schien ihn auszumachen. Die Werke waren sehr unterschiedlich und nur das Zitat am Ende prangte unter jedem Kunstwerk wie die Initialen eines unbekannten Künstlers.

Den ganzen Abend verbrachte Apollonia damit, die vielen Werke anzuklicken und als hätte das Zitat, das wohl Philomenas Kunstform abrundete, ein eigenes Gewissen, legte es sich um Apollonias und flüsterte ihr leise zu, wegen des Wochenendes nicht aufgeregt zu sein. Es würde alles klappen und die Zeit mit Philomena würde Apollonia genießen. Sie lächelte beim Gedanken daran und schleppte sich mitten in der Nacht vom Schreibtischstuhl zum Bett. Sie würde nicht mehr lange schlafen können, doch das wollte sie auch gar nicht.

Kapitel 13

Philomena

Sie hätte es sich denken können. Egal, wie viel eine Firma wert war, irgendwo wurde immer gespart. Und sie musste es jetzt ausbaden.

Schweiß trat auf ihre Stirn und sie versuchte, ihren Puls unter Kontrolle zu bekommen. Sie würden den Zug nehmen.

Damit war Philomena bei Ankunft in der Firma überrascht worden und seitdem stand sie allein gegen eine Wand gelehnt und kämpfte mit sich. Sie musste in einem geschlossenen Bereich bleiben, den sie einige Zeit nicht würde verlassen können, egal, wie schrecklich ihre Panikattacken waren. Sie hätte keine Chance.

Je mehr sie darüber nachdachte, desto mehr Schweiß rann ihr die Schläfen hinab und sie hasste sich selbst. Sie hasste es, dass sie vollkommen verschwitzt war, besonders weil sie bald auf Apollonia treffen würde. Sie hätte sich niemals zu diesem Wochenendtrip hinreißen lassen dürfen.

Als sie gerade dabei war, endgültig ihre Nerven zu verlieren, kam Apollonia mit einer großen Reisetasche um die Ecke und es war, als hätte sie Kühlung mitgebracht. Die Hitze wich etwas aus Philomenas Körper, doch als ihre Augen über Apollonias Körper wanderten, kam die Wärme mit neuem Schwung zurück.

»Guten Morgen.«

Apollonia grinste Philomena an und sie konnte nicht genau einordnen, was das zu bedeuten hatte. Lag da Mitleid in ihrem Blick? Wusste sie, unter welchem Stress sie stand? Doch wie?

»Hey.« Philomenas Antwort kam viel zu spät und doch zuckten keine Muskeln in Apollonias Gesicht. Sie schien es noch nicht einmal zu bemerken.

»Warum sehen alle so aus wie sieben Tage Regenwetter?«, fragte Apollonia und schaute sich in der Lobby der Firma um.

»Ähm ... wir müssen den Zug nehmen.«

Apollonia schien nicht sehr überrascht, denn sie verdrehte nur die Augen.

»Ist ja klar. Da denkt man, man hat gute Arbeit geleistet und trotzdem wird man in die großen Züge gesteckt. Ich hatte eine Limo erwartet.«

Den letzten Teil des Satzes sprach sie mit Ironie in der Stimme und auch wenn Philomena sich noch weit von gut fühlte, lächelte sie.

Eine Weile standen sie in der Lobby und warteten auf die letzten Mitarbeiter. Weder Philomena noch Apollonia schienen zu wissen, was sie sagen sollten. Deshalb standen sie einfach beieinander und komischerweise fühlte sich das besser an, als Philomena erwartet hatte.

»Also, los geht´s!«

Herr Maunt trat zum ersten Mal vor seine Mitarbeiter und grinste so breit, dass seine Gesichtsmuskeln fast reißen mussten. Wie im Gänsemarsch liefen sie zur Tube-Station um zum Stopp *King´s Cross* zu fahren. Dort stiegen sie in einen Überlandzug und Philomena versuchte, ruhig zu atmen.

Apollonia schien sich selbst zu überwinden, denn sie sprach zum ersten Mal in vielen Minuten: »Warst du schon mal in Brighton?«

Es war eine naheliegende Frage und doch dauerte es einige Zeit, bis sie bei Philomena ankam. Die Panik und der Anflug der nächsten Phase ihrer Depression machten es schwer, so zu tun, als sei sie ein ganz normaler Mensch. Ein gesunder Mensch.

»Nein«, brachte sie nach einiger Zeit leise heraus und schaute aus dem Fenster des Zuges. Sie hatten London schon hinter sich gelassen und viele Felder säumten ihren Weg.

»Ich auch nicht«, antwortete Apollonia. Wahrscheinlich hatte sie gehofft, dass Philomena eine Gegenfrage stellen würde, doch weit gefehlt. Diese schaute weiterhin aus dem Fenster und jeder, der sie etwas besser kannte, würde sich sicher sein, dass es ihr nicht gut ging.

»Kann ich etwas für dich tun?«

Hatte Philomena etwas gesagt, ohne es bewusst zu tun? Woher wusste Apollonia ...?

Langsam hob Philomena den Blick und schaute in die schönen braunen Augen ihres Gegenübers.

»Danke, nein. Ich bin nur etwas müde.«

Sie hasste es, die Frau anzulügen, an die sie so oft dachte, doch die Wahrheit war nichts, was man sich entspannt auf einer Zugfahrt erzählte. Vielleicht würde sie Apollonia niemals erzählen, was mit ihr los war. Vielleicht würde es diese aber aus ihr herauskitzeln und sie dann womöglich sitzen lassen, weil sie mit niemand Krankem ... befreundet sein wollte?

Die Gedanken waren ein großer Strudel aus Angst, Hass und Gefühllosigkeit. Den Rest der Zugfahrt hielt Philomena die Augen geschlossen und betete, dass das Wochenende schnell vorbeiging. Sie konnte nicht mehr. Und bisher waren sie noch nicht einmal in Brighton angekommen.

Die ersten Anzeichen für das Meer verpasste sie, denn irgendwann schlief sie ein und träumte sich für ein paar Minuten in eine Welt, in der es eines nicht gab: eine Krankheit wie die ihre.

Kapitel 14

Apollonia

Der Strand lag tiefer als der Bahnhof und doch konnte man ihn nicht sofort erkennen. Die Straßen, die hinabführten, wanden sich und änderten so häufig ihre Höhe, dass es fast aussah, als wäre hinter dem letzten Hügel nichts versteckt als freier Himmel.

Apollonia nahm ihre Reisetasche auf die Schultern und stupste Philomena sachte an. Sie war noch immer tief im Schlaf versunken und nur langsam öffnete sie die Lider und blinzelte ihrer Kollegin entgegen.

»Wir sind da.«

Apollonia lächelte sie an und es sah fast schon zu schön aus, wie Philomena langsam erwachte. Apollonia nahm ihren Blick nicht von der jungen Frau, die sich streckte und dann auf die Beine kam. Zusammen mit ihrem Gepäck liefen die beiden aus dem Zug und sahen, dass sich schon eine Traube ihrer Arbeitskolleginnen und -kollegen auf dem

Bahnsteig gebildet hatte.

»Sind alle hier?«, fragte Herr Maunt gerade, auch wenn es nicht die sinnvollste aller Fragen war. Wie sollte sich jemand melden, wenn er noch nicht da war?

Die meisten Umstehenden nickten jedoch und wahrscheinlich war es ihrem Boss am Ende des Tages ziemlich egal. Falls jemand noch im Zug war, würde er sie schon finden.

Gemeinsam liefen sie los und Apollonia schaute sich in dem kleinen Örtchen an der Küste um. Nach einigen Metern kamen sie zu einer Kreuzung, an deren einer Ecke eine Kirche stand und an der anderen das, was sie staunen ließ. Ein Buchladen der Kette *Waterstones*, der so groß war, dass sogar im obersten Stock ein Café eingerichtet war. Er sah so wundervoll gemütlich aus, dass sie am liebsten sofort die Gruppe verlassen hätte, um in den lauschigen Laden zu stürmen. Stattdessen führte Herr Maunt sie weiter und schon bald sahen sie es: das Meer.

Es lag ruhig da, vor der steinigen Küste, und

doch sah es so wild aus wie ein Löwe, der sich von nichts in der Welt bändigen ließ.

Apollonia blieb einen Moment stehen und schloss die Augen. Sie liebte es, am Meer zu sein, auch wenn sie es bisher in ihrem Leben kaum gewesen war. Gerade jetzt – nach allem, was in den letzten Monaten geschehen war – fühlte es sich an wie eine Erholung, die ihr Körper schon so lange herbeigesehnt hatte.

»Ist alles in Ordnung?«

Die Frage riss Apollonia einen Moment aus ihren Gedanken, dann blickte sie auf und schaute in Philomenas strahlende Augen. Anders als zuvor oder im Zug, wirkte die junge Frau nicht mehr nervös oder gequält, sondern schon fast ruhig und stabil. Wahrscheinlich war es das Meer, dessen Anblick auch sie beeindruckte.

»Ja, ich ... ich genieße es nur.«

Als würde Philomena ohne Worte verstehen, lächelte sie Apollonia warm an und lief dann hinter der Gruppe her, die sich langsam dem Strand entlang bewegte.

Auch Apollonia blieb nur noch wenige Sekunden stehen und lief dann hinterher. Sie hatten keine Ahnung, in welchem Hotel sie unterkommen würden, doch Apollonia hoffte so sehr auf eines direkt am Strand.

Nach einigen Minuten wurde ihre Bitte erhört: Sie hielten vor einem großen Hotel-Komplex, der auf der anderen Seite der Straße direkt gegenüber des Meeres stand.

Er sah auf den ersten Blick aus, als wäre er von einem mittelalterlichen Haus inspiriert worden und nur das Schild mit der Aufschrift *The Lanes Hotel* verriet, dass es sich um eine Unterkunft für Gäste handelte.

Noch einmal seit sie in Brighton angekommen waren, musste Apollonia grinsen und fast vergaß sie all ihre Sorgen. Fast vergaß sie ihre Eltern, ihr Leben in London und sogar ... Phoebe.

Schnell schüttelte sie den Kopf, als könnte sie sich damit selbst rügen, nie wieder so etwas zu denken. Sie hatte Phoebe versprochen, dass sie sie niemals vergessen würde und daran würde sie sich halten.

Philomena, die ihr so anders erschien als ihr Blog im Internet, sah wieder etwas verunsicherter aus und dennoch war sie ruhiger, als Apollonia sie zuvor gesehen hatte.

»Lassen Sie uns hineingehen«, rief Herr Maunt von vorn zu ihnen und zusammen betraten sie das schöne Hotel.

Die Lobby sah ebenso einladend aus wie die Fassade, als hätten sie die Vergangenheit betreten. Nacheinander bekam jeder einen Schlüssel zu seinem eigenen Raum – nur zu Doppel- oder Twin-Rooms, da das Hotel nur diese Zimmer anbot – und jedem Einzelnen wurde gesagt, dass sie sich auf vierzehn Uhr wieder in der Lobby treffen würden.

Nach einigen Minuten standen nur noch Apollonia und Philomena vor der Rezeption. Keine von beiden sprach und doch war es – wie schon zuvor – nicht unangenehm. Es fühlte sich mehr an, als wollten sie beide erst einmal die Luft des neuen Ortes erkunden, bevor sie sie dazu nutzen würden, Laute von sich zu geben.

»Das kann doch nicht sein!«, polterte Herr Maunt gerade vor ihnen und schien sie beide aus der Starre zu holen.

»Ist alles in Ordnung?« Natürlich, irgendetwas würde nicht funktionieren. Dieser kurze Urlaub würde doch nicht das werden, was sie erwartet hatte. Diese Denkweise hatte Apollonia von ihrer Schwester übernommen und der Blick auf Philomenas Gesicht sprach dieselbe Sprache.

Nach weiterer Diskussion drehte sich Herr Maunt zu ihnen um. »Miss Green, Miss Downes, es tut mir leid, aber es ist nur noch ein Doppelzimmer übrig. Wir haben extra angerufen, als Sie beide zugesagt haben, doch anscheinend waren keine zwei Zimmer mehr frei.«

Für einige Zeit stand die Welt still. Was erwartete ihr Boss von ihnen? Dass Philomena und Apollonia zusammen in einem

Bett schliefen? Langsam drehte Apollonia den Kopf zu ihrer Kollegin, die aussah, als hätte man ihr gerade gesagt, dass sie nur noch einen Tag zu leben hatte.

»Ähm ...«

Sie wusste nicht, was sie sagen sollte. Natürlich war es nicht ideal, aber was sollten sie tun?

Da von Philomena anscheinend keine Antwort zu erwarten war, nahm Apollonia den Schlüssel aus Herrn Maunts Hand. »Danke, wir kriegen das schon hin.«

Er nickte. »Es tut mir leid. Ich würde sie ja in einem anderen Hotel einquartieren, aber dann reißen mir die anderen Chefs den Kopf ab. Mit diesem Hotel hier haben wir ein Abkommen, was die Kosten angeht.«

Natürlich, das hätte sich Apollonia auch denken können. Es gab wohl keine geizigere Führungsspitze als die der *Snucky*-Firma.

Apollonia kostete es einige Überwindung, dann nahm sie Philomena am Arm und zog sie sanft in Richtung des Aufzugs, der schon bereitstand. Er sah edel aus und brachte alle Gäste in die verschiedenen Stockwerke des Hotels. Sie traten hinein und stellten ihre Taschen auf dem Boden des Aufzugs ab. Ein Blick auf die Nummer auf dem Schlüssel, ließ Apollonia auf die große *3* drücken und die Türen schlossen sich. Dann bewegte sich der Aufzug nach oben, als konnte er es nicht erwarten, sie beide wieder loszuwerden.

Philomena sah noch immer schockiert aus und erst jetzt bemerkte Apollonia, dass sie sich die spitzen Fingernägel in die Handflächen grub. Für einen Augenblick konnte sie sich nicht bewegen. Sie kannte diese Angewohnheit, die von so viel Selbsthass und Angst zeugte, dass sie am liebsten laut geschrien hätte. Sie konnte nicht anders. Langsam streckte sie den Arm aus und nahm die Hand, die Philomena in ihre Handfläche bohrte.

»Bitte, hör auf.«

Philomena schien schockiert, dass es Apollonia überhaupt aufgefallen war, dann nickte sie wie ein Kind, das gerade ausgeschimpft worden war.

Sie erreichten das Stockwerk und bald hatten sie auch das Zimmer mit der Nummer *308* gefunden.

Apollonia steckte den Schlüssel in das Schloss und die Tür schwang auf.

Apollonias Atem stockte und auch Philomena schien wie versteinert.

Der Raum war so wunderschön, dass es die beiden fast blendete. Ein hübsches Doppelbett stand an der Wand neben der Tür und ein einladender Teppich führte zu einem kleinen Holztisch, der vor dem stand, was die beiden am meisten beeindruckte: der Balkon.

Eilig liefen sie beide in den Raum, an den zwei Sesseln neben dem Tischchen vorbei und hinaus auf den Balkon.

Die Sonne zeigte sich von ihrer schönsten Seite und das Wasser glitzerte unter ihrer Macht. Philomena und Apollonia lehnten sich fast zeitgleich gegen das verschnörkelte Geländer und atmeten tief ein. Der Ausblick war unglaublich schön und Apollonia konnte nicht anders, als ihr Handy aus der Tasche zu holen und ein Foto zu schießen. Der Pier war gut zu sehen und auch die unzähligen Möwen schienen so nah, dass sie nur die Hände ausstrecken mussten, um sie zu berühren.

»Wunderschön, nicht?«, sprach Apollonia zum ersten Mal in einer langen Zeit.

Philomena nickte und mehr brauchte es auch nicht. Die beiden blieben auf dem Balkon stehen und träumten sich in die Welt des Meeres, das vor ihnen lag. Mehr brauchte es in diesem Augenblick wirklich nicht.

Kapitel 15

Philomena

Die Zeit auf dem Balkon hatte ihr gutgetan. Sie fühlte sich frisch, als hätte das Meer sie zu sich gezogen und einmal durchgespült. Nie hätte sie gedacht, dass der Ort, an dem sie sich befand, einen solchen Einfluss auf ihr Gemüt haben könnte. Philomena hatte die Diagnose bekommen und gedacht, sie würde überall zu gleichem Maße krank sein. Vielleicht war das ein Irrtum ...

»Bist du bereit?«

Apollonia lächelte ihr aufmunternd zu und aufs Neue musste sich Philomena damit befassen, dass sie kein eigenes Hotelzimmer haben würde. Anders als gedacht, schoss die Panik nicht mit dreihundert Stundenkilometern durch ihre Adern, sondern war mehr ein Flammenmeer, das in ihrem unteren Bauchraum saß. Immerhin hatte sie Apollonia erwischt und niemand anderen. Bei dem Gedanken, neben der jungen Frau zu schlafen, lief Philomena mit Sicherheit rot an, auch wenn sie nicht genau ausmachen konnte, wieso. Zum wiederholten Male fragte sie sich: Was hatte diese Frau an sich?

Erst jetzt besann sie sich wieder, stand auf und folgte Apollonia aus dem Hotelzimmer.

In der Lobby warteten schon die meisten Mitarbeiter und Philomena war froh, dass sie sich kurz in dem kleinen Badezimmer umgezogen hatte. Keiner der anderen trug mehr die Reisekleidung und auch Philomena war jetzt mit einer kurzen Jeans und einem Top bekleidet. Fast schien es ihr zu informell, wenn sie bedachte, dass ihr Chef dabei war, aber naja. Sie waren in Brighton, am Meer, verdammt nochmal.

»Schön, dass Sie alle wieder hier sind!«

Herr Maunt klang erstaunlicherweise wirklich freudig, als hätte er erwartet, seine Mitarbeiter wären schon alle ausgeflogen.

Wie selbstverständlich blieben Apollonia – die ein weißes Kleid trug und einfach umwerfend aussah – und

Philomena beieinander, während sie durch den Küstenort geführt wurden.

Brighton and Hove lag nicht nur an der schönen Küste Englands, sondern war besonders für seine Diversität und Akzeptanz berühmt. Egal welchen Geschlechts, egal welcher sexuellen Orientierung – in Brighton fand jeder ein Zuhause und das sprang dem Betrachter geradezu entgegen. Überall waren Prideflaggen aufgehangen und das Motto »Love is Love« war fast in jedem Schaufenster zu sehen.

Jetzt, da Philomena neben Apollonia durch die Straßen Brightons lief, dachte sie zum ersten Mal über dieses Thema nach. Bisher hatte sie die Meinung vertreten, dass sie wohl keiner Sexualität wirklich angehörte, denn sie hatte in ihrem Leben bis jetzt keinerlei Erfahrung gemacht. Bisher hatte sie weder ein Mann noch eine Frau besonders angezogen. Doch jetzt, wenn sie die Reflexion von Apollonia in den Schaufenstern sah, dachte sie zum ersten Mal daran, dass sie wohl eine

Frau lieben könnte.

Im nächsten Moment schalt ihr Kopf sie dafür, denn sie hatte sich geschworen, niemals eine Last zu sein. Was, wenn Apollonia wirklich eine Beziehung mit ihr wollte? Sie würde schreiend davonlaufen, wenn sie von Philomenas Depressionen und Störungen hören würde.

Fast traten Tränen in Philomenas Augen und sie hatte Mühe den Kopf zu heben, um den Royal Pavillon anzusehen, vor dem sie jetzt standen. Der Pavillon sah aus, als hätte ihn jemand aus Indien geklaut und hier in England aufgestellt. Die helle Steinfarbe war wunderschön und es war ein Gebäude, in dem man sich selbst verlieren konnte.

Apollonia schien ebenfalls fasziniert und ihr Mund stand leicht offen, als bräuchte sie für die Betrachtung des Bauwerks mehr Luft als ihre Nase liefern konnte.

Philomena zog ihr Handy aus der Tasche und schoss ein Foto von dem Pavillon. Unabsichtlich, das glaubte sie zumindest, war

Apollonia auf den Bildern von der Seite zu sehen, wie sie den Royal Pavillon fasziniert ansah. Vielleicht würde das Foto Philomena als Inspiration für ihren Blog dienen. Meist kreierte sie Kunst aus den verschiedensten Inspirationen und gerade fühlte es sich an, als könnte dieser Ort mit dieser jungen Frau vor ihrer Linse keine größere Inspiration sein.

Den Rest des Nachmittags liefen sie durch die Straßen und am Meer entlang. Den Pier liefen sie bis ganz nach vorn ab und schauten von dort aus auf die unendlichen Weiten des Meeres. Sogar den in England so typischen *Afternoon Tea* ließen sie ausfallen und verbrachten die gesamte Zeit als Gruppe am Strand.

Als langsam der Abend einbrach und sie gerade alle auf den Kieselsteinen des Strandes saßen, stand Herr Maunt auf und räusperte sich: »Nochmals vielen Dank, dass Sie dieses Wochenende der Firma widmen. Ich möchte Sie für heute entlassen und Ihnen einen schönen Abend wünschen. Morgen früh wird das Frühstück im Hotel serviert und den Morgen verbringen wir mit einigen Gruppenprojekten hier am Meer. Ich freue mich auf Sie.«

Er lächelte in die Gruppe und es gab sogar einen kleinen Beifall, in den Philomena etwas zu spät einstimmte.

Apollonia klatschte nicht, sondern schaute wieder so gebannt aufs Wasser, als wären in den Wellen und in der Variation der Blautöne alle Antworten der Welt geschrieben.

Philomena holte ihr Handy heraus, schoss ein weiteres Foto von Apollonia – was diese nicht bemerkte – und schaute dann auf die Uhr. 18 Uhr.

Sie haderte eine Weile mit sich, rang sich dann jedoch durch und wisperte die Worte fast: »Möchtest du mit mir etwas Essen gehen?«

Im ersten Moment reagierte Apollonia nicht, wahrscheinlich, weil sie keine Ahnung hatte, dass sie gemeint war. Dann bewegte sie langsam den Kopf zu Philomena und lächelte sie an. »Sehr gern.«

»Hast du ein Lieblingsessen? Oder möchtest du irgendwo Spezielles hin?«

Apollonia schien für einen Moment zu überlegen. »Ich will *Fish and Chips*.«

Sie grinste und Philomena stimmte mit ein. Natürlich, wenn man sich an der englischen Küste befand, dann konnte man gar nicht anders als Fish and Chips – gebackener Fisch mit Pommes – zu essen.

»Ich habe einen Laden gesehen.«

Einige hundert Meter liefen sie, ehe sie das Restaurant mit der Aufschrift *Brighton Chippy Fish & Chips* erreichten. Innen orderte Philomena zwei große Portionen und reichte das passende Geld über den Tresen.

»Das kann ich nicht annehmen«, meinte Apollonia dann und kramte in ihrer Handtasche, wahrscheinlich um ihr Portemonnaie zu finden und Philomena Geld zu geben.

»Bitte, es ist mir ein Vergnügen.«

Fast kam sich Philomena vor, als würde sie

eine schlechte Anmache verwenden, doch das wollte sie doch gar nicht. Oder doch? Eine Anmache vielleicht, aber sicher keine schlechte. *Mist.*

Eine Weile liefen sie durch die Straßen und kamen dann einige hundert Meter von dem Pier entfernt heraus. Nebenbei aßen sie und es war erstaunlich, wie viele Möwen sich einfanden, um mit etwas Glück etwas abzubekommen. Der Strand war fast verlassen und ohne sich absprechen zu müssen, liefen sie die Stufen hinab, um sich in der Nähe der Wellen, die gegen die Steine schlugen, niederzulassen. Auf dem Weg hatten sie sich noch Cola gekauft (*Coca Cola*), die sie jetzt zeitgleich öffneten und anstießen, als wäre es teurer Sekt.

»Darf ich dich etwas fragen?«

Philomena hatte Mühe, die Worte aus ihrem Mund zu pressen und sie blickte versteift auf ihr Essen, von dem sie gerade ein paar Fritten nahm.

»Ja«, gab Apollonia zurück und auch wenn

Philomena sie nicht sah, war zu hören, dass sie nervös war.

»Wie lange arbeitest du schon in der Firma? Ich habe dich vorher noch nie gesehen.«

Diese Frage hatte Philomena schon einige Zeit umgetrieben und endlich hatte sie sie gestellt. Vorsichtig blickte sie herauf und sah, dass Apollonia den Blick fest auf das Meer gerichtet hatte, als sie sprach: »Ich bin erst vor einigen Monaten mit meinen Eltern hierher gezogen. Ich wohne noch bei ihnen, weil ich mir im Moment keine eigene Wohnung leisten kann.«

Sie sagte es so beschämt, dass Philomena nicht anders konnte, als ebenfalls etwas zu sagen. »Du musst dich für so etwas nicht schämen. Ich wohne in Whitechapel, ich weiß nicht, ob du die Gegend kennst, aber sie ist nicht gerade ... schön. Es ist eine klitzekleine Wohnung, weil mir das Geld nicht reicht.« Fast sah Apollonia erleichtert aus, als sie sich zu Philomena drehte, auch wenn es an sich keinen Sinn machte. Vielleicht fühlte sie sich besser verstanden und hatte nicht das Gefühl, dass alle so viel mehr erreicht hatten als sie selbst.

»Wie lange bist du schon in London?«

Philomena hatte die Frage erwartet, deshalb brauchte sie nicht lange, um zu antworten. »Ich bin in London geboren und habe schon immer dort gelebt.«

Apollonia nickte und griff nach ihrer ersten Fritte, um sie sich in den Mund zu stecken. Natürlich waren die *Chips* getränkt in Essig und sie verzog für einen Moment den Mund.

»Huh, was ist denn das?«

Philomena konnte nicht anders: Sie brach in Gelächter aus. Jemand, der noch nie *Fish and Chips* gegessen hatte, musste schockiert davon sein, dass es an der Küste ganz normal war, dass Essig über die Pommes gegeben wurde. Doch Apollonias Reaktion war fast zu süß.

»Hier«, meinte Philomena und reichte ihr ein Päckchen Ketchup, das in ihrem Essen gesteckt hatte. »Das macht es besser.«

Nun lachte auch Apollonia und nahm das Päckchen dankend an.

»Kleine Warnung: Hier gibt es fast alles mit Essig.«

Apollonia lachte auf. »Super, dann habe ich wohl keine andere Wahl.«

Sie schnappte sich eine weitere frittierte Kartoffel – ohne Ketchup – und schob sie sich in den Mund. Mit einem verzogenen Gesicht machte sie ein »Mmmh, lecker« und sie beide mussten so lachen, dass ihre Köpfe rot anliefen und sie erst einmal einige Schlucke Cola brauchten, um sich zu beruhigen.

Vielleicht ist es doch nicht so schlecht, dass wir in einem Raum schlafen, dachte Philomena und schaute Apollonia weiter zu, wie sie die Pommes aß – diesmal jedoch mit dem rettenden Ketchup.

*

Erst als die Sonne am Untergehen war, liefen sie zurück zum Hotel. Der Fußmarsch dauerte etwa eine Dreiviertelstunde und sie genossen den Anblick des Meeres in der untergehenden Sonne – rot und voller Leidenschaft.

Schneller, als es sich Philomena gewünscht hatte, standen sie vor dem Hotel und traten hinein, in den Aufzug und nur wenige Minuten später waren sie an ihrem Hotelzimmer angekommen. Gemeinsam traten sie ein und steuerten wie abgesprochen zum gleichen Plätzchen. Auch von dem Balkon aus war der Sonnenuntergang gut zu sehen, der gerade in die letzten Züge kam und bald in Schwärze verschwinden würde.

»Möchtest du zuerst ins Bad?«, fragte Apollonia, jetzt, da die Sonne endgültig von Dunkelheit geschluckt worden war.

»Ja, danke.« Philomena schnappte sich ihren Pyjama und ihre Toilettensachen und verschwand im Bad. Sie brauchte nur wenig Zeit, dann stand sie wieder im Schlafraum – in einem Pyjama mit kleinen Cupcakes als Aufdruck.

»Der ist schön«, meinte Apollonia und schaute an Philomena herunter. Komischerweise lag keine Ironie in ihrer Stimme, sondern etwas anderes. Philomena wurde es heiß und kalt, während ihr Gegenüber den Blick über ihren Körper wandern ließ. Erst nach vielen Atemzügen, die immer schneller kamen, löste die junge Frau den Blick von ihr und räusperte sich. »Dann gehe ich mich auch kurz fertigmachen.«

Während Apollonia noch im Bad war, legte sich Philomena auf eine Seite des Doppelbettes und hoffte, dass sie weit genug am Rand lag, dass Apollonia nicht dachte, sie hätte irgendetwas anderes vor.

Als Apollonia wieder aus dem Badezimmer kam – in einer kurzen Hose und einem losen Top – legte auch sie sich auf das Doppelbett und ein Seufzer entglitt ihr.

»Ich wünschte, ich könnte hier für immer wohnen«, meinte sie und schaute an die Decke, an der eine wunderschöne Wandmalerei von Brighton prangte.

»Ich auch«, gab Philomena zu und bewunderte das Kunstwerk, das so schön gemalt worden war, dass es fast in den Augen schmerzte.

»Ich hoffe, wir haben morgen auch etwas Freizeit.« Die Worte waren schnell aus Apollonias Mund gekommen und Philomena konnte sie nicht einordnen. Was sollte das heißen? Wollte sie etwa mehr Zeit allein mit ihr? Philomenas Herz hüpfte und nur die Medikamente, die sie heimlich im Bad mit eklig schmeckendem Leitungswasser hinabgespült hatte, hielten ihre Emotionen im Griff.

»Ich auch«, sagte sie schon zum zweiten Mal in kurzer Zeit und es entsprach der Wahrheit. Sie wollte mehr Tage wie diese.

Zum ersten Mal fiel Philomena auf, dass sie eigentlich gar nichts von Apollonia wusste. Sie hegte Gefühle für diese Frau, die mit ihr in diesem Raum die Nacht verbringen würde, doch sie wusste noch nicht einmal, wie alt sie war.

Philomena stütze sich auf ihren Ellenbogen und schaute zu Apollonia, die die Augen noch immer an die Decke geheftet hatte.

»Erzähl mir was von dir.«

Philomena kannte sich selbst nicht so direkt, doch sie wusste, dass sie nicht würde schlafen können, ohne mehr über diese Frau erfahren zu haben.

»Was willst du wissen?«, fragte sie fast schon forsch und drehte sich so, dass Philomena ihr in die Augen sehen konnte und nur die Dunkelheit im Raum sie daran hinderte, das Grün-Grau schimmern zu sehen.

»Wie alt bist du und wie ist deine Familie?«

Für einen Augenblick war es still, dann schien Apollonia tief Luft zu holen und antwortete: »Ich bin vierundzwanzig und meine Mum kommt aus England und mein Dad aus Deutschland. Wir ... ich bin in England, in einer Kleinstadt circa vier Autostunden von London entfernt aufgewachsen. Vor ein paar Monaten kamen wir hierher.«

Wir? Warum hatte Apollonia so gezögert? Und warum waren sie umgezogen? Plötzlich schien Apollonia fast nervös, als könnte sie die vielen Fragen in Philomenas Kopf hören. Am liebsten hätte Philomena nachgefragt, doch sie wollte nicht taktlos sein. Es würde ein anderer Zeitpunkt kommen, an dem sie würde fragen können. Deshalb stellte sie eine offensichtlichere Frage. »Wie ist es, zweisprachig aufzuwachsen?«

Zu ihrer Überraschung lachte Apollonia auf. »Well, es ist complicated. Einerseits ist es schön, andererseits weiß man nie so recht, wohin man gehört. Ich denke auf zwei Sprachen, spreche zwei Sprachen. Wie soll ich da je wissen, welche Sprache meine ist?«

Philomena nickte. Das konnte sie sich vorstellen.

»Und wie ist es mit dir?« Apollonia hatte die Frage gestellt, noch ehe Philomena sich eine neue hätte ausdenken können. Wie immer, wenn es um sie selbst ging, wurde sie nervös und am liebsten wäre sie im Boden versunken. Was gab es von ihr zu erzählen? Sie war Apollonia eine Antwort schuldig, deshalb riss sie sich zusammen und sprach gehetzt: »Ich bin achtundzwanzig und, wie du weißt, in London geboren und aufgewachsen. Ich bin Künstlerin, verdiene aber in der Firma Geld, indem ich Designs erstelle.« Fast hätte Philomena von ihrem Blog erzählt, in den viel Herzblut floss, doch sie hatte Angst, dass Apollonia ihn als kindisch abtun würde. Philomena war immerhin achtundzwanzig, dessen war sie sich mehr als bewusst, sollte sie nicht mittlerweile wissen, wie sie ihr Leben gestalten wollte? Die 30 rückte immer näher.

Anstatt zu antworten, lachte Apollonia. »Ich glaube, unsere Eltern würden sich gut verstehen. Die hatten wohl den gleichen Geschmack bei der Namensgebung.«

Wie schon einmal, als sie die Gemeinsamkeiten ihrer Namen festgestellt hatten, mussten sie beide lachen und Philomena war froh, dass Apollonia wohl im

Stillen verstanden und nicht weiter gebohrt hatte.

»Woher kommt dein Name?«, fragte Philomena neugierig. Sie war sich sicher, dass Apollonia die Bedeutung ihres Namens kannte, genauso wie Philomena es bei ihrem tat.

»Es ist der Name der griechischen Sonnengöttin und es gab eine berühmte christliche Märtyrin im dritten Jahrhundert, die auch so hieß.«

Philomena grinste. »Mein Name bedeutet *Lover of Strength*. Mein Name ist recht beliebt, glaube ich.«

Eine Weile lagen sie nur so beieinander und obwohl sie sich nicht berührten, fühlte es sich an, als wären sie ganz nah. Als bräuchte es nur die kleinste Bewegung und sie würden eins werden.

Die Minuten verstrichen und langsam schienen sie beide zu spüren, wie die Müdigkeit an ihnen nagte.

»Schlaf gut, Philomena.«

Es war das erste Mal, dass Apollonia ihren Namen aussprach, und es hätte nicht schöner klingen können.

»Gute Nacht, Apollonia.«

Die Stille, die folgte, war nicht drückend, nicht schwer oder klebrig wie ein alter Kaugummi. Sie war friedlich, als wüsste die Luft, dass es noch so viel Ungeklärtes zwischen den beiden gab, aber dass die Zeit noch nicht gekommen war, um lange Gespräche zu führen. Für den Augenblick reichte der Klang des Namens der anderen auf den eigenen Lippen. Wie ein beruhigendes Schlaflied, das Schafe zählte und gleichzeitig immer leiser wurde, als machte es der Traumwelt Platz, die bald alles einnehmen würde.

Kapitel 16

Apollonia

Genau wie man es sich wünscht, wenn man sich auf den kommenden Tag freut, kitzelte es Apollonia am Morgen an der Nase und sie öffnete die Augen. Das Sonnenlicht hatte sich in das Zimmer gestohlen und schien ihr sagen zu wollen: »Steh schon auf!«

Langsam streckte Apollonia ihre Glieder und auch wenn sie es normalerweise genoss, in ihrem eigenen Bett zu schlafen, konnte sie nicht leugnen, dass das Hotel gute Matratzen hatte. So hart – wie in ganz England eben.

Als müsste sie sich selbst dazu überreden, drehte sie ganz vorsichtig den Kopf, um auf die Frau zu sehen, mit der sie sich bis Sonntag ein Zimmer teilen würde. *Wie komisch Zufälle doch sind*, dachte Apollonia nicht zum ersten Mal. Gerade sie beide schliefen jetzt in einem Zimmer.

Ihre Augen fanden Philomenas Körper, der bis zur Brustmitte von der Decke bedeckt war.

Ihr Kopf war zur anderen Seite gedreht und Apollonia konnte nicht erkennen, ob ihre Augen noch geschlossen oder doch vielleicht schon geöffnet waren.

Gestern Abend, bevor sie ins Bett gegangen waren, hatte sie Philomena noch dabei beobachtet, wie sie eine Pille geschluckt hatte. Eigentlich hatte sie nur im Badezimmer nach ihr sehen wollen und dann einige Momente zugeschaut, wie die junge Frau Pillen mit Wasser hinuntergeschluckt hatte. Auch heute Morgen noch trieb die Frage in ihrem Kopf wie eine Flaschenpost im Meer, die verzweifelt hofft, gefunden zu werden: Was für Tabletten nahm sie? Was für eine Krankheit hatte sie?

Es war schwer, sich vorzustellen, womit eine so umwerfende Frau wie Philomena Probleme haben könnte. Ja, sie war oft nervös oder auch abwesend, doch objektiv betrachtet gab es keinen Grund. Gerade, als Apollonia den Gedanken zu Ende gedacht hatte, rügte sie sich selbst dafür. Sie hatte eine Schwester an genau das verloren, wie konnte sie die dummen Worte jetzt auch selbst denken?

Als Phoebe immer mehr unter der Last ihrer Krankheit verschwunden war, hatten viele – besonders ältere Leute in der Familie und im Umkreis – gesagt, sie stelle sich nur an und objektiv gesehen schien sie doch gesund. Apollonia war sich nicht sicher, aber wahrscheinlich waren es genau Worte wie diese gewesen, die dafür gesorgt hatten, dass sich ihre Schwester am Ende ... das Leben genommen hatte.

Allein der Gedanke ließ Apollonia die Tränen in die Augen steigen und sie konnte sich auf nichts mehr konzentrieren. Nicht auf den Hinterkopf der jungen Frau neben ihr, nicht auf das Sonnenlicht – nichts.

Eilig und so leise wie möglich schlüpfte Apollonia aus dem Doppelbett und lief zu ihrer Tasche, um neue Kleidung herauszuholen. Erst dann fiel ihr Blick auf ihr Handy. Ob ihre Eltern sich wohl gemeldet hatten? Wollten sie wissen, wie es ihr in Brighton gefiel und ob sie gut angekommen war?

Mit zittrigen Händen nahm sie das Mobiltelefon aus ihrer Tasche und drückte auf einen Knopf, damit das Display aufblinkte. 7:20 Uhr zeigte die Uhr, doch ansonsten war der Bildschirm leer. Keine eingegangene Nachricht, kein Anruf – nichts.

Wieder schluckte Apollonia einen Kloß hinunter und befahl den Tränen im Stillen, sich zu gedulden, bis sie ins Badezimmer kam. Mit der Kleidung im Arm schlich sie sich durch die Tür in das Zimmer mit Dusche und WC und schloss die Tür hinter sich. Dann ließ sie die Tränen kommen und wünschte sich in diesem Augenblick nichts sehnlicher als ihre Schwester zurück. Sie konnte es nicht ertragen, daran zu denken, sie wohl nie wiederzusehen. Alle dachten, es sei das Vermissen, das Angehörige oder Freunde in den Wahnsinn trieb, wenn jemand starb, doch Apollonia war anderer Meinung. Es war die

Finalität, die mit dem Tod kam, die das wahre Monster war. Es ließ sich nicht bändigen und wenn es jemanden in den Fängen hielt, ließ es nie wieder los. Dann wurde dem Menschen bewusst, dass der Verstorbene weg war, niemals wiederkehren würde und es keinen Ausweg gab. Das war die innere Stimme, die Apollonia zu häufig mit sich zog und ihr das Gefühl gab, nicht mehr atmen zu können, eigentlich gar nichts mehr tun zu können.

Mit letzter Kraft in ihren Armen schob sie den Duschvorhang beiseite, legte die Kleidung auf dem geschlossenen Klodeckel ab und stieg in die Wanne.

Nach nur wenigen Sekunden prasselte lauwarmes Wasser auf ihre Haut herab und die salzigen Tränen mischten sich zu den Litern von Wasser, die im Abfluss eins wurden.

Alles wird gut. Ich bin in Brighton und werde ein schönes Wochenende haben, dachte Apollonia und schloss die Augen.

Die nächsten beiden Worte kamen wie von selbst und gaben ihr etwas von der Zuversicht zurück, die sie in vielen Momenten aus dem Tief rettete, das all ihre Tränen stahl:

Mit Philomena.

Kapitel 17

Philomena

Zum ersten Mal seit langer Zeit hatte Philomena durchgeschlafen. Die meiste Zeit schafften es ihre Medikamente nicht, ihr einige Stunden das Bewusstsein zu nehmen – egal, wie sehr sie es sich wünschte.

Aufgewacht war sie an einem Geräusch, das wie ein leichtes Quietschen geklungen hatte. Als hätte sie nichts gehört und wäre zufällig aufgewacht, streckte sie die Arme und öffnete die Augen.

Sie lag zu Apollonias Seite gedreht und als hätte Philomena fast vergessen, dass sie da war, nahm es ihr die Luft zum Atmen, dass die junge Frau auf dem Bett saß und die Augen auf sie gerichtet hatte. Rote Haut umrahmte sie, als hätte sie geweint. Doch warum sollte sie?

»Guten Morgen«, brachte Philomena nach kurzer Zeit heraus und wünschte sich, sie hätte ein paar Minuten gehabt, um sich fertig zu machen, ehe Apollonia sie gesehen hätte.

»Morgen.«

Die Stimmung, die zwischen ihnen hing, war eine ... eigenartige. Philomena war allzu bewusst, dass sie in ihrem Pyjama und noch halb zugedeckt vor der Frau lag, die ihr mehr zu bedeuten schien als all die anderen Kolleginnen und Kollegen, mit denen sie zuvor zusammengearbeitet hatte.

An diesem Morgen hatte sie ihre braunen, mittellangen Haare offengelassen. Das Braun schimmerte im Licht der Sonne, die durch die Balkontür und Fenster fiel. Ihre grün-grauen Augen strahlten um das Rot und wirkten fast, als hätte sie jemand angezündet, um sie noch mehr zum Scheinen zu bringen.

Wie Philomena selbst wohl aussah? Wahrscheinlich total zerzaust.

»Hast du gut geschlafen?«

Apollonias Tonfall verriet nicht, dass sie geweint haben musste, sondern klang so, als würde sie sich auf den kommenden Tag freuen wie ein Kind auf seinen eigenen Geburtstag.

Philomena nickte und fragte: »Sind wir spät dran?« Sie wusste nicht, wo sie ihr Handy am Abend zuvor abgelegt hatte und es erschien ihr einfacher, Apollonia nach der Uhrzeit zu fragen, als sich mühsam eine geeignete Frage auszudenken.

»Alles gut, es ist gerade halb acht. Um acht sollen wir beim Frühstück sein.«

»Dann stehe ich mal auf und mache mich fertig.«

Es war, als würde Philomena eine Unterhaltung mit sich selbst führen. Sie wusste, wie idiotisch es klang, und dennoch war es wahr. Zu Beginn hatte sie kaum mit Apollonia sprechen oder sie anschauen können. Jetzt fühlte es sich mehr an, als wollte sie mit ihr reden, denn es kam so natürlich. Philomena konnte – was für sie untypisch war – eine ungezwungene Unterhaltung aufrecht erhalten.

Apollonia nickte mit etwas Verzögerung und stand vom Bett auf. Ihr Körper war in ein weites Kleid gehüllt, das ihr schon jetzt in dem leichten Wind, der durch die Balkontür wehte, um die Beine wedelte.

Philomena hatte es sich zuvor verboten, doch jetzt schaute sie Apollonia zum ersten Mal mit den Augen an, die sie anscheinend nur für diese junge Frau entwickelt hatte. Romantische.

Sie wollte die Hände um Apollonias schließen und die Lippen auf ihre drücken, als würde ihr Leben davon abhängen. Sie wollte ihr sanft eine Haarsträhne aus dem Gesicht streichen und ihr dabei einen Kuss auf die Schläfe drücken. Sie wollte ihre Hände an ihrem Körper herabgleiten lassen und ihr ein Lächeln entlocken. Und all das nicht nur, weil Apollonia wunderschön und reizvoll war, sondern, weil Philomena zum ersten Mal in ihrem Leben das Gefühl hatte, auf einen Menschen gestoßen zu sein, der ihr Halt geben konnte. Der es wohl aushielt, bei ihr zu sein, und sie auch in ihren schlimmsten Zeiten nicht verlassen würde. Woher Philomena das glaubte zu wissen, war ihr selbst ein Rätsel, doch wenn sie einmal auf ihren Bauch vertrauen wollte, dann jetzt.

»Hmm, hmm.«

Sie hörte Apollonias Räuspern, die sich wohl schon vor einigen Sekunden zu ihr umgedreht hatte und sie jetzt fast fordernd ansah.

»Entschuldige«, murmelte Philomena ertappt. Apollonia hatte gesehen, wie sie sie angestarrt hatte. Was wenn ...? Was, wenn sie die Anziehung nicht teilte und vielleicht das Zimmer wechseln wollte, weil sie dachte, Philomena würde sie anfassen wollen?

Urplötzlich wurde das Zusammensein mit Apollonia in demselben Raum zu einer Qual und am liebsten hätte sich Philomena in Luft aufgelöst. Eilig stieg sie aus dem Bett, nahm ihre gesamte Tasche und verschwand im Badezimmer. Die Tür schloss sie schnell, als hätte sie Angst, Apollonia hätte Höllenhunde auf sie angesetzt, die durch die offene Tür hätten schlüpfen können. Gestern Abend noch hatte sie sie offengelassen, weil sie Apollonia vertraute – was war jetzt nur los?

Wie Apollonia auf diesen Abgang reagierte, konnte Philomena nicht sehen und sie war sich fast sicher, dass sie es auch gar nicht wollte.

*

Philomena zog die Zeit im Bad so lang, wie sie nur konnte. Sie duschte, putzte die Zähne und zog sich dreimal um, bis sie sich für eine helle cropped Jeans und eine weite Bluse entschied. Dann kam der Moment: Sie musste zurück ins Zimmer. Zurück zu der Frau, die sie angestarrt hatte, als wäre sie ein Stück Fleisch. Sie schämte sich. Dennoch führte kein Weg daran vorbei und sie öffnete die Tür langsam und trat hinaus in den Schlafraum.

Apollonia stand gerade auf dem Balkon und hatte den Blick auf das Meer gerichtet, das man selbst in der Luft im Hotel riechen konnte. Bevor Philomena noch einmal denselben Fehler machen konnte, lief sie eilig an ihre Seite des Doppelbettes, sortierte den Kram in ihrer Tasche und richtete ihre Hand- und Laptoptasche mit allem, was sie für den heutigen Tag benötigen würde.

»Hast du alles?«

Die drei Worte kamen so unverhofft, dass Philomena fast in die Höhe gesprungen wäre, als sie ihr Trommelfell erreichten.

»Ja«, gab sie etwas leise zu und drehte sich zu Apollonia. Zu ihrer Überraschung stand keine Missgunst oder Ärger in ihrem Gesicht, sondern offene Freundlichkeit. Hatte sie das unangemessene Starren schon wieder vergessen?

»Sollen wir frühstücken gehen?«

Philomena beschloss, ebenso freundlich zu sein, denn wenn der Donner über ihr hereinbrechen würde, dann wohl nicht jetzt.

»Gerne.«

Philomena versuchte sich an einem Lächeln und zu ihrer Überraschung gelang es ihr auch. Apollonia grinste zurück und gemeinsam verließen sie das Zimmer, um es sich am Frühstückstisch so richtig gut gehen zu lassen.

Für den Hauch einer Sekunde dachte Philomena daran, die Hand nach Apollonias auszustrecken und ihre Hand zu berühren, doch das wäre alles andere als angemessen. Der Drang jedoch ließ nicht nach und während sie mit dem Aufzug ins Erdgeschoss fuhren, stellte sich Philomena zum ersten Mal die eine Frage, der sich wohl jedes menschliche Wesen auf der Erde stellen musste, wenn ein anderes – ganz besonderes Wesen – in das eigene Leben trat: *Was zur Hölle ist nur los mit mir?*

Kapitel 18

Apollonia

Etwas hatte sich verändert. Jeder hätte das bemerkt. Doch Apollonia wusste nicht, wie sie die Veränderung benennen sollte. Waren Philomena und sie sich näher gekommen? Oder vielleicht das genaue Gegenteil?

Auf dem Weg in den Frühstücksraum sprachen sie nicht und Philomena presste ihre Nägel wieder in ihre Handflächen. Am liebsten hätte Apollonia die beiden Körperteile auseinandergerissen, aber sie wollte Philomena nicht darauf ansprechen wie beim letzten Mal. Es fühlte sich an, als würde sie sonst ein Geheimnis preisgeben, das Apollonia nicht ertragen könnte.

Schnell war der Aufzug im Erdgeschoss angekommen und ein kleines Schild wies in einen großen Raum, der als *Frühstückssaal* bezeichnet wurde.

Fast atmete Apollonia auf, als sie sah, dass die anderen Mitarbeiterinnen und Mitarbeiter schon an einem großen Tisch zusammensaßen und auf noch ein paar der Mitreisenden warteten. Komischerweise fühlte Apollonia in diesem Moment das genaue Gegenteil zum Abend zuvor. Sie konnte gerade nicht mit Philomena allein sein, nein. Es würde ihr körperliche Schmerzen bereiten. Doch warum? Langsam aber sicher kam sich Apollonia vor, als hätte sie eine Lücke in ihrem Gehirn, wo zuvor der Teil gesessen hatte, der ihre Vernunft und ihren Verstand regelte.

Sanft strich sich Apollonia ihr Sommerkleid glatt, das sie heute Morgen angezogen hatte, und gleichzeitig setzte sich Philomena gegenüber von ihr an die lange Tafel.

Kurz nach ihnen kamen noch acht Mitarbeiter an, dann stand Herr Maunt am Ende der Tafel auf und ließ seinen Blick schweifen.

»Guten Morgen. Es freut mich, dass Sie alle hergefunden haben. Wir würden für das Frühstück eine Stunde einplanen, dann wäre ich Ihnen sehr verbunden, wenn Sie mit Ihren Arbeitsmaterialien am Eingang erscheinen könnten, damit wir an den Strand gehen und Sie in Ihren zugewiesenen Gruppen arbeiten können.«

Keiner am Tisch verzog eine Miene, sondern alle nickten nur, als wären sie Imitatoren der Person, die als Erstes genickt hatte.

Eine Stunde Ruhe. Apollonia war dankbar und als sie aufstand, um das Buffet aufzusuchen, wanderten ihre Gedanken zu ihren Eltern, die im verregneten London saßen und sich wahrscheinlich das gesamte Wochenende kaum bewegen würden. Nun, da Apollonia einige Meilen von ihnen entfernt war, überkamen sie Schuldgefühle. War der Kühlschrank voll genug? Würden sie sich selbst versorgen können? So sehr Apollonia auch spürte, dass ihr alles über den Kopf wuchs, sie wollte nicht, dass es ihren Eltern schlecht ging. Eine kleine Stimme wisperte, dass sie sich nicht um alles kümmern konnte, aber ihr zuzuhören kostete Apollonia zu viel Kraft. Stattdessen schluckte sie den Kloß in ihrem Hals hinab, schnappte sich einen Teller und belud ihn mit allem, was sie vor sich sah. Bald reichte der erste Teller nicht mehr aus für das Ei, die Käsespezialitäten oder die süßen Gebäcke.

Mit zwei vollgepackten Tellern lief Apollonia zum Tisch zurück und war froh, dass eine heiße Tasse Kaffee schon auf sie wartete. Aus Gewohnheit fuhr sich Apollonia mit einer Hand durch ihr Pony und bemerkte dann erst, dass Philomena noch gar nicht aufgestanden war. Sie saß noch immer ihr gegenüber, doch jetzt hatte sie die Augen auf Apollonia geheftet. *Was soll ich sagen? Was soll ich tun?*

Die stummen Fragen erreichten die junge Frau nicht, wie auch? Dennoch wünschte sich Apollonia, sie könnte sie laut stellen. Irgendetwas war zwischen ihnen, doch keiner brachte den Mut auf, es in Worte zu verpacken. Erst als Philomena bewusst zu registrieren schien, dass Apollonia zurückstarrte, stand sie auf und lief in Richtung Buffet.

Apollonia atmete tief ein und wieder aus. Was war nur los? Sie hatte schon Anziehung in ihrem Leben erfahren, ja, aber nie in diesem Maße. Doch war es überhaupt sexuelle Anziehung? Es fühlte sich an, als würde die Attraktivität auf einer Frequenz laufen, die ständig von Rauschen unterbrochen wurde. Leider kannte sich Apollonia so gar nicht aus mit der Technik von Frequenztönen. Das hatte sie bei ihrer Schwester mehr als bewiesen.

*

England war sonderbar. Als hätten sie jede Regenwolke in London zurückgelassen, knallte die Sonne vom Himmel, wie man es nur aus den Sommermonaten in warmen Ländern wie Spanien kannte. Es war, als würde der heiße Ball versuchen, alles auf der

Erde glühen zu lassen. Trotzdem brachte die Brise vom Meer etwas Abkühlung und es war schon fast zu schön, auf den kleinen Steinchen zu sitzen und tief einzuatmen. Leider war das nicht die gesamte Beschäftigung, denn schon zum zweiten Mal räusperte sich ein junger Mann, der ihrer Gruppe zugeteilt worden war. Er hieß Blake und war für die Kalkulationen im Unternehmen zuständig. Er entschied, ob sich etwas lohnte oder nicht. Auch wenn er kaum älter sein konnte als Apollonia selbst, wirkte er reifer. Selbst an so einem schönen Ort wie Brighton war er vollkommen in die Arbeit vertieft.

»Sorry, nochmal.«

Apollonia fokussierte endlich den jungen Mann, der genervt aussah. Seine Augenbrauen waren zusammengezogen und sein Blick schien kleine Blitze in Apollonias Richtung zu schießen.

»Ich frage es nur noch einmal. Wie viel Budget stellt ihr euch für eure Kampagne vor?«

Diesmal versuchte Apollonia, wirklich bei der Sache zu sein und den neugierigen Blick von Philomena zu ignorieren, den sie in ihre Richtung warf. Stattdessen schaute sie zu der dritten Frau in ihrem Bunde, Ashley, die schon älter sein musste als fünfzig und ungefähr genauso motiviert aussah, wie Apollonia sich fühlte.

Mit einem innerlichen Seufzen holte Apollonia ihren Computer herbei und stellte den beiden Neulingen in ihrer Gruppe das Projekt vor. Mitten in der Präsentation schaute sie zu Philomena, um herauszufinden, ob sie auch etwas sagen wollte, doch sie hatte den Blick starr auf ihre Füße gerichtet und schien nicht ansprechbar.

Apollonia wollte sie zu nichts zwingen, deshalb beendete sie die Vorstellung allein. Danach verbrachte sie zwei Stunden damit, mit Blake und Ashley zu planen, wie die Realisierung des Projekts gestaltet werden könnte. Als sie alle Planungen abgeschlossen hatten und sich einig waren, holten sie Herrn Maunt zu sich, der die Unterlagen und Planungen durchging.

Erst als er sprach, schaute Philomena wieder auf. Sie musste mindestens drei Stunden auf ihre Füße gestarrt haben, was Apollonia Sorgen machte. Sie musste sie darauf ansprechen, doch wie?

Langsam aber sicher entwickelte sich aus der Unsicherheit Angst um Philomena und wie schon zuvor an diesem Tag, schluckte Apollonia schwer. Dann zog ihr Chef die Aufmerksamkeit auf sich.

»Ich bin sehr zufrieden mit Ihnen, vielen Dank. Ich würde Sie jetzt gern in die freie Zeit entlassen und Sie nur bitten, morgen gegen siebzehn Uhr am Bahnhof zu sein, dass wir gemeinsam nach London zurückfahren können. Ihre Hotelschlüssel können Sie einfach an der Rezeption abgeben. Die Firma kümmert sich um den Rest.«

Sie alle vier nickten und packten dann ihre Arbeitsausstattung zusammen. Als hätten

Ashley und Blake einen Sensor dafür, dass Apollonia mit Philomena allein sprechen wollte, liefen sie davon, ohne sich auch nur zu verabschieden. Langsam kam Philomena in die Höhe und jetzt war es Apollonia, die sich räusperte. »Hast du Lust, den Tag mit mir zu verbringen? Wir könnten Brighton erkunden.«

Die Frage war ihr so schwer über die Lippen gekommen, als wäre es ein Heiratsantrag an eine wildfremde Person, doch sie hatte es tun müssen. Sie musste mit Philomena sprechen und jetzt registrierte sie sogar an sich selbst, dass sie die Hände aufgeregt an ihrem Sommerkleid auf- und abwandern ließ. Sofort stoppte sie die unbewusste Handlung.

»Ja«, brachte Philomena nach einiger Zeit heraus und zusammen liefen sie zum Hotel, um ihre Arbeitsausstattung abzuliefern und ihre Handtaschen zu holen. Während sie die Straße überquerten und sich ein paar Meter in Richtung Hotel und weg vom Strand bewegten, sah Apollonia, dass Philomena sich wieder die Nägel in die Haut grub. Diesmal konnte sie sich nicht stoppen.

»Bitte hör auf«, wisperte sie und als wüsste Philomena sofort, um was es ging, entspannte sie ihre Hände und presste sie nicht mehr in- und aneinander.

Den Rest des Weges schwiegen sie, holten ihre Sachen aus ihrem Zimmer und traten dann wieder hinaus in den hellen Sonnenschein. Merkwürdigerweise war die Stille nicht mehr geladen oder bedrohlich, sondern fast schon angenehm. Apollonia brach sie nicht, während sie weg vom Strand lief und die hügelige Straße hinauf, die sie auf dem Weg zum Hotel auch hinabgelaufen waren. Sie wusste ganz genau, wohin sie wollte.

Philomena gab keine Widerworte, sondern folgte und schon bald standen sie vor dem großen Buchladen, dessen Lettern *Waterstones* über der Tür prangten.

»Liest du gern?«, fragte Apollonia nach

einer gefühlten Ewigkeit der Stille und drückte die Tür auf. Der Geruch nach Büchern schlug ihr entgegen und für einen Augenblick musste sie ihn genießen. Es roch nach ... Papier ... nach Gedrucktem ... nach Abenteuer.

Eilig lief sie zum Bestsellerregal, dann zu den Romanen, die sich im hinteren Teil des Erdgeschosses befanden. Auf den drei Stockwerken nach oben fand sich sonst alles, was das Bücherherz höher schlagen lässt. Unterschiedliche Genres, Merchandise zu Verlagen und Büchern und ganz oben ein kuscheliges Café.

Philomena beantwortete Apollonias Frage erst, als sie in einem der oberen Stockwerke vor den Fantasy-Werken standen.

»Ja, schon. Aber ... ich kann mich nicht so gut konzentrieren. Da zeichne ich lieber.«

Klar, das wusste Apollonia eigentlich schon, nachdem sie Philomenas Blog gefunden hatte. Sollte sie sie darauf ansprechen? Sie wollte gerade den Mund öffnen, als Philomena zum ersten Mal die Initiative ergriff und sprach: »Sollen wir oben im Café eine heiße Schokolade trinken?«

Es war ein wunderschönes Gefühl, direkt von Philomena angesprochen zu werden, das musste Apollonia zugeben. Da war doch ... mehr zwischen ihnen. Eilig, damit Philomena es sich nicht nochmal anders überlegen konnte, nickte Apollonia eifrig. »Ich muss nur noch kurz die Bücher bezahlen.«

Nachdem sie ein halbes Vermögen für zehn Bücher an der Kasse gelassen hatte, stiegen sie in den höchsten Stock hinauf, in dem ein Café auf sie wartete, das Bücherwürmer eingerichtet haben mussten. Jeder Winkel schrie Gemütlichkeit und sie fanden zwei Sessel, die sich um einen kleinen Tisch gruppierten. Von hier oben sah Apollonia sogar aufs Meer, doch anders als zuvor, zog Philomena ihre Aufmerksamkeit auf sich. Als wäre ein Schalter in der jungen Frau umgelegt worden, rief sie sogar nach der Kellnerin und bestellte ihnen heiße Schokolade und jeweils einen Blueberry

Muffin. Warum war Philomena plötzlich so ... anders?

Es war nicht so, dass Apollonia sich beschweren wollte, und doch kam es ihr komisch vor. Wie schnell konnte ein Mensch die Laune oder auch das gesamte Verhalten verändern?

Jetzt, da Apollonia in Philomenas Augen sah, bemerkte sie ein Blitzen in den Tiefen ihrer braunen Augen, das sie nicht zuordnen konnte. Es konnte etwas Gutes bedeuten ... oder einen unbestimmten Stimmungswechsel. Das kannte Apollonia auch und dennoch ließ sie sich selbst nicht daran denken. Es konnte nicht sein. Sie war sich fast sicher, doch der kleine Teil ihrer Vernunft, den sie so vermisste, hätte mit ziemlicher Sicherheit aus Protest aufgeschrien.

Kapitel 19

Philomena

Alles war bunt. Alles war besser.

Seit Philomena eine der starken Pillen genommen hatte, die ihr der Arzt als Notfallmedikament verschrieben hatte, stand die Welt nicht mehr still.

»Was für Bücher hast du gekauft?«, fragte Philomena, als die Kellnerin gerade die Getränke und die beiden süßen Gebäcke vor ihnen abstellte.

Apollonia griff in die Stofftasche, die sie zu den Büchern gekauft hatte, und zog zwei ihrer Errungenschaften heraus. Das Wort *Initium* prangte groß auf dem Cover, das sehr dunkel gehalten war. »Das ist eine Dystopie«, meinte Apollonia und nahm den ersten Schluck ihrer heißen Schokolade.

Das zweite Buch war von derselben Autorin und doch entsprach es wohl mehr Philomenas Geschmack, denn eine Zelltür prangte auf dem Cover und es schrie förmlich: »In mir spritzt Blut! Du wirst schon sehen.«

Früher hatte Philomena gern gelesen, doch seit die Depression ihr Leben bestimmte, konnte sie die Tage, an denen sie sich auf ein Buch konzentrieren konnte, an einer Hand abzählen.

Philomena legte die beiden Bücher zurück und griff nach ihrem Muffin. Immer, wenn sie einige Zeit kaum ansprechbar war und die Gleichgültigkeit sie fest im Griff gehabt hatte, verspürte sie einen Hunger, der nur zu einem Bären gehören konnte. Es war so anstrengend, krank zu sein.

»Es ist ja schon fast fünf.«

Apollonia sagte es, als wäre sie in tiefer Trauer. Wahrscheinlich wollte auch sie nicht nach Hause und doch blieben ihnen nur noch vierundzwanzig Stunden und sie würden wieder im Zug Richtung London sitzen.

»Willst du nach dem *Afternoon Tea* noch ein bisschen an den Strand?«

Philomena wollte plötzlich eines mehr als alles andere: Zeit mit Apollonia.

Sie würde ihr alles erzählen und wenn sie dann schreiend davonlaufen würde, dann könnte Philomena nichts daran ändern.

Kapitel 20

Apollonia

Alle sprachen immer davon, dass das Meeresrauschen einen Menschen beruhigen und erden konnte. Dem wollte Apollonia nicht widersprechen, sondern es mit einem so dicken Marker unterstreichen, dass jeder, der je an einen Strand kam, es zu lesen bekam.

Gerade reckte sie die Nase in den leichten Nieselregen, der jetzt auch diesen wundervollen Ort erreicht hatte, und nur das Rauschen der Wellen im Hintergrund war Apollonia wirklich bewusst.

Philomena saß neben ihr und auch sie schwieg und genoss, wie es schien. Seit sie am Strand angekommen waren, hatten sie kein Wort gesprochen und dennoch hatte Apollonia das Gefühl, sie durchlebten genau dasselbe. Sie dachten an dieselben Dinge: Meer, Rauschen, Stille.

Langsam aber sicher verschwand die Sonne und machte dem Mond Platz, den man unter dem freien Himmel Brightons schon zu dieser frühen Abendstunde zu sehen bekam.

Als erwachte Apollonia erst jetzt wieder aus ihrer Trance, blickte sie auf ihr Handy und sah die Uhrzeit. 18:14 Uhr.

»Hast du Lust, Abendessen zu gehen?«

Die Worte waren ihr nicht leicht über die Lippen gekommen und doch schien es wie ein unausgesprochenes Versprechen, dass keine von ihnen beiden sich trennen wollte. Sie wollten Zeit miteinander verbringen, was schon fast so natürlich war, wie der Drang zu atmen.

Philomena schaute Apollonia zum ersten Mal seit vielen Minuten an und nickte dann. Als hätte sie darauf gehofft, dass Apollonia die Stille brach, griff sie nach ihrem Mobiltelefon und hielt es ihr vor die Nase.

In großen Lettern war zu lesen: *The Station Hotel Pub and Kitchen*.

Das Pub sah auf den Bildern aus wie ein gewöhnliches Pub in Großbritannien und doch schien es einen gewissen Flair zu haben.

Apollonia nickte und Philomena schenkte ihr ein Lächeln, das sie fast aus der Fassung brachte. Wie konnte es sein, dass diese Frau ihr jetzt offen ihre Gefühle zeigte und manchmal trotzdem so weggetreten war, dass sie kaum auch nur ein Wort sprach?

Sie erhoben sich gleichzeitig und machten sich auf den Weg; weg vom Meer und durch Preston Park. Von dort aus mussten sie nur noch ein paar Straßen überqueren und um eine Ecke biegen, dann lag das britische Restaurant vor ihnen. Der leichte Regen gab dem Pub den perfekten englischen Flair und Apollonia musste grinsen. Sie hätte sich für heute Abend keine bessere Kneipe wünschen können.

Philomena ging vor, öffnete die Tür und hielt sie für Apollonia auf. »Danke«, stammelte diese und trat in den Pub.

Innen war das Design genau so, wie man es sich beim Anblick von außen vorstellte. Kleine Tische und Booths füllten den Raum, dazu gab es einen großen Tresen und Fernseher, auf denen Fußballspiele liefen und von all den Männern mit den Pints genau beobachtet wurden.

»Sollen wir in einen Booth?«

Apollonia zeigte auf einen in der hintersten Ecke des Pubs und wusste selbst nicht genau, wieso. Sie hatte den Drang, mit Philomena allein zu sein. Dabei wollte sie nicht nur mehr über ihr merkwürdiges Verhalten herausfinden, sondern vor allem für sie da sein, falls sie wieder zusammenbrechen würde.

Einander gegenüber schlüpften sie in den Booth und nur Sekunden später teilte eine Bedienung die Menükarte an sie beide aus.

Untypischerweise kam die Bedienung an ihren Tisch und sie mussten nicht – wie üblich – an der Bar bestellen. Schnell hatten sie je eine Cola (*Coca Cola*, bitte) geordert und warfen dann einen Blick auf die Gerichte. Apollonia freute sich auf etwas Herzhaftes und fand es schnell: den *Station Beef Burger*. Er klang sehr lecker und dazu gab es selbstgemachte Chips – also Fritten. Auch

Philomena klappte die Karte schnell wieder zu und grinste.

Apollonia nahm einen tiefen Atemzug und versuchte, herauszufinden, welche Frage sich wohl als Einstieg am besten eignete. *Warum nimmst du Tabletten? Warum verhältst du dich manchmal so komisch? Warum hast du einen Blog? Warum hast du Angewohnheiten, die dir schaden? Und die wichtigste Frage zuletzt: Warum finde ich dich so interessant? Warum fühle ich mich so hingezogen zu dir?*

Jede Silbe, jedes Wort blieb Apollonia im Halse stecken, bis sie nicht mehr wusste, was sie überhaupt hatte fragen wollen.

Als spürte Philomena ihr Unbehagen, räusperte sie sich. »Brighton ist schon ein schönes Fleckchen, oder?«

Apollonia nickte und strich sich ihr Sommerkleid glatt. »Hier könnte ich wohnen.« Es war nicht gelogen – sie fühlte sich so geborgen hier.

»Ich auch.« Wahrscheinlich hatte sich Philomena nichts dabei gedacht, aber ihre

Aussage ließ Hitze in Apollonia aufsteigen. Das musste ja nicht heißen, dass sie zusammen hier leben würden ... und doch war es eine komische Aussage bei einem ... Date?

Die Kellnerin brachte ihnen die großen Gläser Cola und nahm die Bestellung auf. »Ich nehme den *Station Beef Burger*«, bestellte Apollonia und schaute dann auf Philomena. »Ich hätte gern den *Honey Glazed Ham*. Und als Dessert hätten wir gern den *Lemon Cheesecake* und den *Apple and Rhubarb Crumble.*«

Die Kellnerin notierte sich alles und lief dann weg von dem Booth, der so versteckt lag, dass man ihn vom Eingang aus gar nicht sofort sah. »Du hast schon den Nachtisch bestellt, wie ich sehe.« Apollonia lächelte, denn es machte ihr nichts aus. Philomena grinste etwas verunsichert zurück. »Die beiden Desserts sind einfach unschlagbar. Ich musste sie bestellen.«

Mit dieser unbefangenen Aussage hatte sie das Eis gebrochen und zum ersten Mal kamen

Apollonia und Philomena zum Reden. Sie unterhielten sich über *Snucky*, dessen Name sie beide für sehr dämlich hielten. Über das Wetter in England – darüber muss man sich einmal unterhalten, das ist ungeschriebenes Gesetz – und über die Regierung, die unter einem Mann stand, der kaum besser war als Donald Trump.

Als sie gerade dabei waren, über den Regierungswechsel zu sprechen, der bald in England anstand, kam die Kellnerin mit gefüllten Tellern zurück. Alles duftete herrlich und am liebsten hätte Apollonia ewig an ihrem Burger gegessen, nur um den Geschmack niemals wieder vergessen zu können. Auch Philomena schien begeistert und gegenseitig stahlen sie sich Fritten von den Tellern, als schmeckten die des Gegenübers besser.

»Du hast ja eine Schwester, richtig?«, fragte Philomena nach und schob sich gerade ein Stück Ei in den Mund. Urplötzlich wurde es Apollonia heiß und kalt und sie senkte den Blick auf ihren Teller, als könnte er ihr bei dieser Frage zur Seite stehen. Dann stammelte sie: »Ich ... ja.«

Philomena schien zu bemerken, dass das Thema für Apollonia nicht einfach war, denn sie tat es lediglich mit einem: »Ich bin Einzelkind« ab und konzentrierte sich dann wieder auf das Essen. Naja, nicht ganz.

Langsam, vorsichtig, zitternd schob Philomena eine Hand über den Tisch und legte sie neben Apollonias Teller auf dem Tisch ab. Für ein paar Sekunden schaute diese einfach nur auf die ausgestreckte Hand, als hätte sie noch nie eine gesehen. Sie wusste, dass das die Hand war, die Male von Philomenas Fingernägeln trug und sie wusste auch, dass sie die Male sehen würde, wenn sie ihre Hand nur drehte – doch das tat sie nicht.

Bedächtig holte sie ihre Hand unter dem Tisch vor und bewegte sie zu Philomenas. Noch immer hatte sie die Augen auf die Hände gesenkt und sah dabei zu, wie ihre warmen Finger sich um Philomenas kalte schlossen. Selten hatte sich etwas so gut angefühlt. Ja, sie hatte ihr nichts von ihrer Schwester erzählt, doch das lag nicht an Philomena. Das lag in ihr selbst und dessen war sie sich mehr als bewusst. Für ein paar Augenblicke schauten sie auf ihre verwobenen Hände, dann hoben sie fast zeitgleich den Kopf. Ein Grinsen breitete sich auf Apollonias Gesicht aus und auch Philomena lächelte. Es sah erleichtert aus, fast, als hatte sie sich selbst eine Prüfung gestellt und diese bestanden.

Für Apollonia fühlte es sich fast genauso an und doch spürte sie jede Sekunde, in der sie Philomenas Haut berührte. Es war kein Blitzschlag, keine Elektrizität, nein – es war Geborgenheit.

Kapitel 21

Philomena

»Das sieht so lecker aus!«

Philomena wusste nicht, welches Dessert sie zuerst probieren sollte, denn beide sahen so aus, als wären sie ihren Träumen entsprungen. Sie genoss die gelockerte Stimmung, die herrschte, seit sie sich getraut hatte, ihre Hand über den Tisch zu schieben. Auch Apollonia war mit einem Löffel in der einen Hand bewaffnet, in der anderen hielt sie noch immer Philomenas Hand.

Zusammen stürzten sie sich zuerst auf den Cheesecake und danach auf den Crumble. Es schmeckte himmlisch und Apollonia entfuhr ein Seufzer. Philomena war selten so glücklich gewesen, eine Bestellung aufgegeben zu haben wie in diesem Moment. Apollonia schmeckte es und das war für sie die Hauptsache. Nach nur fünfzehn Minuten waren die Teller geleert, und Philomena musste sich den Bauch halten, um nicht das

Gefühl zu haben, dass dieser vor Essen platzte.

»Jetzt das Gleiche nochmal.« Apollonia lachte und doch glaubte Philomena ihr. Sie konnte essen wie ein Scheunendrescher. Wie ein wunderschöner Scheunendrescher.

Vorhin hatte sie extra nochmal eine Tablette genommen, um sicherzustellen, dass die Depression oder ihre Störungen ihr an diesem Abend nicht dazwischenfunken konnten. In letzter Zeit nahm sie zu viele Medikamente, das wusste Philomena selbst, und doch konnte sie nicht aufhören. Wie auch? Mit ihnen im Körper fühlte sie sich endlich einmal wieder lebendig. Dass das auch an Apollonia lag, wollte sie gar nicht abstreiten.

»Ich habe noch eine letzte Sache, die ich dir unbedingt zeigen muss«, meinte Philomena und hob leicht die Hand, um der Kellnerin zu signalisieren, dass sie noch einen Wunsch hatte.

»Ja?«, fragte diese und holte schon wieder ihren Notizblock heraus.

»Wir hätten gern zwei Gläser *Likör 43* mit Milch.«

Für einen Moment schien die Kellnerin perplex. »Was wünschen Sie?«

Philomena wiederholte die Bestellung und sie sahen dabei zu, wie die Kellnerin sie notierte. »Okay ... Ich bin gleich wieder bei Ihnen.«

Apollonia konnte ihr Lachen nicht mehr zurückhalten und hob sich eine Hand vor den Mund, damit es nicht in voller Lautstärke im Pub hallte. »Jetzt hast du sie verwirrt.«

Philomena grinste. »Glaub mir, das ist es wert. Es schmeckt himmlisch.«

Eigentlich sollte sie keinen Alkohol konsumieren, denn das brachte ihre Medikamente aus dem Gleichgewicht, doch manche Ausnahmen musste Philomena einfach machen. Zu einem Abend wie diesem gehörte etwas Alkohol.

Die Kellnerin kam zurück an ihren Tisch, jedoch ohne Getränke. »Wünschen Sie das Getränk kalt oder warm?«

»Kalt.«

Die Antwort war fast aus Philomenas Mund geflohen, als könnte sie sich nicht vorstellen, wie man nur eine solche Frage stellen konnte.

Die Kellnerin nickte einmal mehr und lief zurück zur Bar.

Wieder grinsten Apollonia und Philomena einander an und noch immer ließen sie die Hand des anderen nicht los. Sie wollten den Moment festhalten, als könnten die Körperteile zusammenwachsen und wären danach für immer verbunden.

Nach ein paar weiteren Minuten kam die Kellnerin mit zwei mittelhohen Gläsern zurück, in der sich eine weiße Flüssigkeit befand, die leicht golden schimmerte.

»Bitte sehr. Genießen Sie die Getränke.« Danach verschwand sie schnell vom Booth, wahrscheinlich in der Sorge, etwas stimmte mit dem Getränk nicht.

Ohne zu zögern, hob Philomena ihr Glas, setzte es an ihre Lippen und schluckte.

»Ahhhh«, machte sie zufrieden, genoss die

Süße und das leichte Brennen im Abgang. *Herrlich.*

Auch Apollonia traute sich und während sie nippte, wurden ihre Augen groß. »Wow«, meinte sie, als sie das Glas wieder abstellte und es betrachtete, als hätte sie einen neuen Schatz gefunden.

»Ja, nicht?«, grinste Philomena und drückte ihre Hand etwas fester. Es freute sie, dass ihr das Getränk schmeckte, und dieses Gefühl löste so viel in Philomena aus. Glückseligkeit, Dankbarkeit ... und Wärme.

Kapitel 22

Apollonia

Als sie aus dem Pub traten, hielten sie inne. Der leichte Regen von zuvor hatte sich in einen Guss verwandelt, der die Tropfen auf dem Asphalt tanzen ließ, nur um sie dann in großen Pfützen zu ertränken.

»Shit, hast du einen Schirm dabei?«, fragte Apollonia an Philomena gewandt, die ihren leichten Pulli über den Kopf zog.

»Eigentlich sollte man die Frage in England nicht stellen müssen, aber nein, natürlich nicht.«

Apollonia verstaute ihr Handy und alles, was für Nässe empfindlich war, tief in ihrer Handtasche und schaute dann zu Philomena. »Bereit?«, fragte diese und Apollonia grinste.

Zusammen traten sie hinaus in den Regen und rannten los. Ihre Schuhe, die wahrlich nicht für allzu viel Wasser gemacht waren, quietschten auf dem Untergrund. Als hätte der Himmel noch nicht genug, schickte er ein paar mehr Wolken dazu, damit sich Apollonia nach nur wenigen Sekunden im Regen bis auf die Haut durchnässt fühlte.

Gemeinsam rannten sie durch den Park, der im Dunkeln fast ein wenig gruselig aussah, und in Richtung Meer.

Anders als erwartet, schien Philomena nicht genervt vom Regen, sondern ließ schnell ihren Pulli los und streckte das Gesicht beim Rennen in das kühle Nass.

»Warte mal«, prustete sie dann lachend und lief unter das Vordach eines kleinen Ladens, was fast sinnlos war, denn sie war schon komplett durchnässt. Apollonia und sie blieben dort stehen und schauten hinaus auf den Regen.

Sanft aber bestimmt spürte Apollonia eine Hand an ihrer und schaute dann zu Philomena. Diese sah in der Nässe noch schöner aus, da der Pulli und auch ihre kurze Jeans an ihrem Körper klebten wie eine zweite Haut.

Ein Schalter in Apollonia wurde umgelegt

und sie konnte nicht anders. So schnell – als wäre sie ein Piranha, der nach Futter schnappte – lehnte sie sich zu Philomena und presste die Lippen auf ihre.

Für einen Augenblick stand alles still und Apollonia küsste stocksteife Lippen. Dann wurde alles anders. Philomena griff nach ihr und zog sie näher zu sich. Sie schmeckte nach der Milch mit *Likör 43* und einen schöneren Geschmack hätte sich Apollonia nicht erträumen können.

Ihre Lippen in den nassen Gesichtern tanzten umeinander, nur um immer wieder aus dem Rhythmus zu kommen, um ihnen die Chance zu geben, ein wenig Luft in ihre Lungen zu saugen. Nach einiger Zeit waren es nicht nur ihre Lippen, die wild tanzten, sondern auch ihre Körper. Philomena presste sich an Apollonia und diese spürte jeden Körperteil, der sich unter der Nässe und an der anderen jungen Frau befand. Langsam aber sicher gab es keine Zurückhaltung mehr und Apollonia gab einen kleinen Wohllaut von sich, der in

Philomena wohl alle Dämme brechen ließ.

Gegen Apollonias Mund wisperte sie: »Lass uns zurück aufs Zimmer.«

Diese fünf Worte zeugten von so viel mehr und Apollonia konnte es nicht erwarten.

Hand in Hand und nach einem weiteren Kuss, rannten sie die letzten Meter dem Meer entlang und zu ihrem Hotel. In der Lobby angekommen, zog Philomena Apollonia in den Aufzug – den sie eigentlich so gar nicht mochte und den sie mit ihrer nassen Kleidung vertropften – doch in diesem Moment registrierte sie es gar nicht. Zu fokussiert war sie auf Philomena.

Im Aufzug küssten sie sich noch einmal und Apollonia erhaschte einen Blick auf sie beide in dem Spiegel, der im Aufzug angebracht war. Ihre beider Wangen glühten und sie sahen so lebendig aus, als wären sie bereit, die Welt einmal zu umrunden, nur um beieinander sein zu können. Die Nässe fiel kaum auf, so sehr leuchteten sie.

Egal, was andere Menschen vielleicht

sagten, dachten oder meinten, nichts hatte sich jemals so richtig angefühlt.

Auf ihrem Stockwerk angekommen, rannten sie zu ihrem Zimmer und allein die Zeit, die es brauchte, um die Tür zu öffnen, schien viel zu lang.

Dann standen sie in ihrem Hotelzimmer.

Die Sicherheit, die Apollonia noch zuvor durchströmt hatte, war verschwunden und trotzdem wusste sie, dass sie das hier wollte. Unbedingt wollte.

Philomena schien es ähnlich zu gehen und dennoch machte sie den ersten Schritt, wie auch schon im Pub.

Sie zog Apollonia auf das große Doppelbett und schon hatten ihre Lippen wieder Apollonias gefunden. Das Gefühl war unbeschreiblich und Apollonia fand ihren Mut wieder. Anstatt den Kuss zu unterbrechen, vertiefte sie ihn und ließ dabei eine Hand unter Philomenas Pulli gleiten. Sie streifte ihren BH und Philomena gab ein leichtes »Huh« von sich, das Apollonia gegen ihre Lippen grinsen ließ.

Der Rest der Nacht verlief genau so, wie man es sich bei romantischen Geschichten wünscht. Nichts schien gezwungen, alles fühlte sich für Apollonia an, als könnte sie nach vielen Monaten wieder etwas empfinden und auf ihren Körper hören.

Erst tief in der Nacht schliefen sie aneinandergekuschelt ein.

*

Noch nie hatten sie beide so gut geschlafen. Nichts war zu spüren von ihren Albträumen, als hätten sie ein Netz über sich gespannt und die grausamen Träume verfingen sich darin und konnten die beiden Frauen nicht erreichen. Apollonia grinste zum ersten Mal im Schlaf und Philomena hielt sie so fest, dass sie sich nicht allein fühlen konnte.

Dass sie es beide nicht konnten.

Kapitel 23

Philomena

Philomena fühlte sich ... ausgeruht.

Dies waren die ersten Worte, die am nächsten Morgen in ihren Kopf kamen und sie musste lächeln. Wer hätte das je gedacht? Dass sie einmal erholt aufwachen würde?

Gerade wollte sie sich noch einmal in die Decke kuscheln, als sie bemerkte, dass sich Apollonia von hinten an sie drückte. Vorsichtig bewegte Philomena den Kopf und sah, dass Apollonia noch immer fest schlief und noch immer nah an ihr lag.

Die letzte Nacht war an Philomena vorbeigeflogen und dennoch konnte sie sich an jedes Detail erinnern. Sie hatten einander berührt, geküsst und miteinander geschlafen. *Ich habe mit Apollonia geschlafen.*

Die Worte sickerten nur schwer durch die Decke aus Wohlgefühl, die ihr von gestern Abend und der Nacht geblieben war. Normalerweise durchdachte Philomena jede

Bewegung und Ungeplantes konnte sie auf den Tod nicht ausstehen. Doch wer hätte letzte Nacht schon planen können?

Zum ersten Mal, seit sie aufgewacht war, bemerkte Philomena, dass die Sonne in ihr Zimmer schien und sich der Regen samt Wolken wohl über Nacht verzogen hatte. So würden sie noch einen schönen Tag am Strand verbringen können, ehe sie den Zug zurück nach London nehmen würden.

Was würde zurück in London passieren?

Die Leichtigkeit wich aus Philomena wie die Luft aus einem zerstochenen Ballon. Was erwartete Apollonia?

Nie hätte Philomena gedacht, dass sie für eine Beziehung gemacht wäre. Und das tat sie auch jetzt nicht.

War das alles für Apollonia nur ein One-Night-Stand gewesen?

Auch wenn Philomena es zu gern abgetan hätte, wusste sie, dass es für sie mehr gewesen war. Noch nie hatte sie sich so zu jemandem hingezogen gefühlt und komischerweise glaubte sie zu wissen, dass es Apollonia genauso ging. Aber konnte sie ihr die Last, die sie selbst und ihre Krankheit darstellte, zumuten? Was, wenn sie schreiend davonrennen würde, sobald sie alles erfuhr?

Bevor Philomena sich noch weiter in ihre eigenen Gedanken steigern konnte, spürte sie, wie Apollonia sich an ihrem Rücken bewegte. Langsam wanderte eine Hand um ihren nackten Rücken und blieb auf ihrer Schulter liegen.

»Guten Morgen«, murmelte Apollonia an ihr Ohr, nur um Sekunden später Küsse auf ihre Ohrmuschel zu drücken.

»Morgen«, gab Philomena etwas verunsichert zurück und trotzdem konnte sie nicht leugnen, dass sich die Intimität schön anfühlte. Fast so, als hätte sie einen Ort gefunden, an dem ihr die Außenwelt nichts zu Leide tun konnte.

Eine Weile presste Apollonia Küsse auf ihre Haut, drehte sie dann zu sich um und verlagerte den Kuss in ihre Mundgegend. Es war, als würden sie genau dort weitermachen, wo sie gestern aufgehört hatten. Die Sorgen plagten Philomena noch immer, doch nur einen winzig kleinen Teil ihres Gehirns. Der Rest hatte auf Autopilot geschalten und verlor sich in jedem Kuss, den Apollonia mit ihr teilte. Einen schöneren Morgen konnte es nicht geben, da war sich Philomena sicher.

Kapitel 24

Apollonia

Erst gegen elf beschlossen sie, dass es Zeit fürs Frühstück war. Inständig hoffte Apollonia, dass die Frühstückszeit in diesem Hotel an einem Sonntag verlängert war, denn sie hatte einen Bärenhunger. Doch früher aufzuhören war ihr nicht im Entferntesten in den Sinn gekommen.

Natürlich wusste sie, dass sie Philomena alles von sich erzählen musste, sonst würde sie immer ein Mysterium bleiben. Doch würde Philomena es überhaupt hören wollen? Wollte sie ... mehr?

Philomena war als Erste im Bad verschwunden und Apollonia lief – jetzt nur mit einem Höschen und einem Top bekleidet – auf den Balkon und genoss ein letztes Mal die Aussicht. Wenn sie ehrlich war, wollte sie nicht zurück nach London und noch weniger wollte sie, dass sich Philomenas Entspannung verkrümelte und sie wieder litt. Das konnte

Apollonia einfach nicht mehr mitansehen.

Sanft strich sie sich durch die offenen Haare und klemmte sie hinter die Ohren.

Zum ersten Mal seit mindestens vierundzwanzig Stunden dachte sie an den Ort, an den sie später an diesem Tag zurückkehren musste. Ihre Eltern würden noch immer lebende Tote sein und die Wohnung würde fast schreien vor Einsamkeit. Das hätte Phoebe niemals zugelassen, wenn sie es gewusst hätte. Ohne es zu bemerken, rollten einige Tränen Apollonias Wangen hinab und sie wischte sie nicht weg. Für diesen einen Augenblick auf dem Balkon eines Hotels in Brighton ließ sie die salzigen Tropfen gewähren.

»Alles gut?«

Als hätte Philomena es geahnt, trat sie von hinten an Apollonia heran und schaute sie fragend an. Sie wusste, dass ihre Augen auf die Tränen gerichtet waren, lächelte sie aber weg. »Danke, ja. Ich gehe dann kurz ins Bad.«

Philomena blickte sie an, als wüsste sie

Bescheid und man könnte ihr nichts vormachen. Apollonia hielt nur für ein paar Sekunden ihren Blick, dann drehte sie sich weg, schnappte sich frische Kleidung und verschwand im Badezimmer.

Ich muss es ihr sagen.

Die Einsicht kam, denn nur mit Ehrlichkeit würden sie eine Zukunft haben. Und gerade wünschte sich Apollonia nichts sehnlicher als diese tolle Frau nicht zu verlieren.

*

Zu ihrem Glück war das Buffet noch immer angerichtet und strotze vor leckeren Speisen. Das liebte Apollonia so sehr an ihrem Heimatland; schon zum Frühstück gab es die unterschiedlichsten und deftigsten Leckereien.

Die anderen Mitarbeiterinnen und Mitarbeiter waren wohl schon weg, denn die beiden entdeckten sie nirgends im Speisesaal. *Was soll`s*, dachte Apollonia. Sie hatten erst heute gegen siebzehn Uhr am Bahnhof zu sein, davor gab es keine Verpflichtungen.

Vielleicht würden sie noch etwas Zeit am Strand verbringen können.

Philomena und Apollonia setzten sich mit gefüllten Tellern an einen kleinen Zweiertisch und schlugen sich die Mägen voll. Auch wenn Apollonia sehr gern aß, saß ihr der Entschluss von einigen Minuten zuvor im Nacken: Sollte sie mit Philomena sprechen, solange sie noch in Brighton waren? Dann konnte sie entscheiden, ob sie sie in London überhaupt wiedersehen wollte.

Der Gedanke schnürte ihr die Kehle zu und fast schon reflexartig ließ sie ihre Hand über den Tisch schnellen, um sie auf Philomenas zu legen, deren Handfläche ein Friedhof panischer Attacken war.

Philomena schenkte ihr ein kleines Lächeln und griff nach Apollonias Fingern, um diese mit ihren eigenen zu verschränken. Es fühlte sich so natürlich an, bei Philomena zu sein, obwohl Apollonia genau wusste, was sie erwarten würde, würde sie jetzt die Augen von Philomena nehmen.

Für sie hatte Sexualität bisher keine große Rolle gespielt und trotzdem war sie nicht überrascht, dass sie sich in eine Frau verliebt hatte. Eigentlich sollte in den heutigen Zeiten niemand auch nur die Sexualität zum Thema machen müssen. Man liebte. Schluss, aus, fertig.

Mit einer Hand in Philomenas ließ es sich zwar nicht so schnell essen wie Apollonias Magen es verlangte, doch sie wollte ihre Hand auf keinen Fall loslassen. Stattdessen nahmen sie sich alle Zeit zum Essen und genossen die Stille und die Gegenwart der anderen jungen Frau.

Nach dem ausgiebigen Frühstück fuhren sie mit dem Aufzug zurück in ihr Stockwerk und begannen, all ihre Habseligkeiten in ihre Taschen und Koffer zu packen. Zwar gab es keine Deadline, wann sie das Zimmer zu verlassen hatten – wahrscheinlich bezahlte die Firma diesen Tag extra. Aber wenn sie noch an den Strand wollten, sollten sie das Packen nicht zu lange aufschieben.

Philomenas schwarze Locken waren in einen Pferdeschwanz gebunden und am liebsten wäre Apollonia zu ihr gelaufen, um ihr das Gummi aus der Haarpracht zu ziehen. Sie liebte die offenen Haare an Philomenas schönem Gesicht.

Nach einigen Minuten waren sie fertig und stellten das Gepäck an die Tür.

»Jetzt können wir an den Strand und es einfach holen, bevor wir zum Zug gehen.«

Apollonia nickte bei Philomenas Worten und war überrascht, wie gelöst die junge Frau wirkte. Zuvor hatte es sich immer angefühlt, als müsste Philomena bei jedem gesprochenen Wort einen Marathon hinter sich bringen. Jetzt klang es mehr, als hätte sie ihn schon hinter sich und feierte ihren Erfolg.

Gemeinsam liefen sie aus dem Hotel und in Richtung Strand. Die Sonne ließ ihre Strahlen auf dem Wasser glitzern und der Himmel war voller Möwen, die sich wohl genauso über das gute Wetter freuten wie die Menschen, die sich am Strand sammelten. Am Wochenende war immer viel los an einem Ort wie Brighton und doch war es nicht unangenehm voll.

Nach wenigen Minuten hatten sie einen geeigneten Platz auf den Steinen gefunden, an dem sie sich niederließen. Die spitzesten der Steine stachen in Apollonias Po und doch wollte sie sich nicht bewegen. Die Steinchen bewiesen ihr, dass sie wirklich da gewesen und es nicht nur ein Traum gewesen war.

Ohne zu zögern, lehnte sich Philomena zu ihr und drückte ihre vollen Lippen sanft auf Apollonias. Wie auch schon am Tag zuvor brachte ihr der Kuss eine solche Sicherheit, dass plötzlich nichts mehr gefährlich oder bedrohlich schien.

Ich kann ihr von Phoebe erzählen. Es ist nicht mehr gefährlich. Sie wird mich verstehen ...

Wahrscheinlich war es so schwer für Apollonia, da sie Philomenas Reaktion nicht abschätzen konnte. Würde sie sie auslachen, weil sie so sehr an ihrer toten Schwester hing? Weil ihr jeder kleine Tick auffiel, den ihre Schwester auch gehabt hatte? Würde sie verstehen, warum sich Apollonia tagtäglich Vorwürfe machte?

Sie wollte den Mund öffnen, ihn von Philomenas Lippen lösen und mit ihr sprechen. Der Zeitpunkt war gekommen.

»Oh Mist.«

Erst jetzt registrierte Apollonia, dass sich in die Geräuschkulisse des Meeres ein neuer Ton geschlichen hatte. Der Klingelton eines Handys.

Anscheinend war es Philomenas, denn sie löste sich von Apollonia und griff in ihre Tasche der Jeans.

»Hallo?«, fragte sie in ein altmodisches Modell und schaute danach schnell auf die Uhr auf ihrem Mobiltelefon. »Shit. Wir sind gleich da.«

Eilig legte sie auf und bewegte sich von Apollonia weg, um aufzustehen.

»Der Zug nach London zurück ist gestrichen, jetzt nehmen wir einen früher. Er fährt in einer halben Stunde.«

Damn! Crap!

Apollonia nickte und fragte sich nur für eine Sekunde, warum ihr niemand Bescheid gegeben hatte. Klar, sie war noch nicht lange in der Firma – Philomena schon viel länger – und sie hatte bisher eigentlich keine sozialen Kontakte. Doch ... wussten die anderen, dass Philomena und sie zusammen Zeit verbrachten? Ihr Gehirn beschäftigte sich nur ein paar Sekunden mit der Frage, dann bewegte auch sie sich, um das Gepäck aus dem Hotel zu holen.

Was sie viel mehr mitnahm, war die Tatsache, dass sie just in dem Moment gestört worden waren, in dem sie Philomena alles hatte erzählen wollen. Das war ... *Shit*.

Dennoch ließ sie sich nichts anmerken, während sie den Schlüssel abgaben und sich dann mit jedem Schritt vom Meer entfernten und dem Bahnhof näher kamen. Jetzt würden sie zurückkehren in das Leben, das sie für nur zwei Tage verlassen hatten, und dennoch fühlte es sich länger an.

Alles, was Apollonia für achtundvierzig Stunden hatte leugnen können, wurde ihr bald wieder vor Augen geführt, nur, um den Schmerz zu intensivieren.

Fast hatten sie den Bahnhof erreicht, da stoppte Philomena und drehte sich zu Apollonia, die ein paar Schritte hinter ihr lief.

»Ich will nur fragen, solange noch niemand anders um uns ist. Hättest du ... also, hättest du Lust, dich vielleicht am Mittwoch zu treffen?«

Die Worte hatten ihren Mund kaum verlassen, da atmete Apollonia so viel Luft aus, dass sie sie unmöglich im Körper gehabt haben konnte. Philomena wollte sie wiedersehen und das schon am Mittwoch. Dann würde sie ihr am Mittwoch alles erzählen.

Es war schon fast verwirrend, zu fühlen, wie sehr ihr dieses Treffen in naher Zukunft neuen Lebensmut gab. Plötzlich fühlte es sich nicht mehr so an, als müsste sie gegen ihre Eltern einen Krieg führen und hoffentlich überleben – nein. Jetzt hatte sie ein Ziel – Mittwoch – an dem Tag würde sich alles entscheiden. An dem Tag würde sie herausfinden, ob Philomena sie auch mit all ihrem Ballast wollte. Klar, Philomena hatte ebenso offensichtlichen Ballast. Trotzdem hatte Apollonia immer das Gefühl, sie wäre so gebrochen, dass niemand sie wirklich aushalten oder gar lieben konnte.

Mit etwas Verspätung lief Apollonia auf Philomena zu und sah ihr tief in die braunen Augen. »Wahnsinnig gern«, murmelte sie und presste ihre Lippen auf die der jungen Frau ihr gegenüber. Philomena lächelte gegen ihren Mund und für ein paar Minuten stand die Zeit wieder still. Apollonia rannte vor nichts davon, sondern genoss, dass sie diesen Moment erleben durfte.

Erst als Philomenas Handy erneut klingelte und sie registrierten, dass in den nächsten fünf Minuten der Zug fuhr, lösten sie sich voneinander. Während Philomena ins Handy schrie, dass sie gleich da sein würden, rannten sie in die große Halle, in der alle Züge ankamen. Mit dem Ticket durch das Drehkreuz und hinein in den Zug, der als Ziel *London – King´s Cross / St. Pancras* eingeblendet hatte.

Bei der Gruppe angekommen ließen sie sich in die weichen Sitze der Bahn gleiten und grinsten einander an. Wahrscheinlich dachte Philomena wie Apollonia an Mittwoch und ihr wurde dabei ganz warm.

Sie würde es verstehen, da war sich Apollonia mittlerweile ganz sicher.

Das würde sie.

Kapitel 25

Apollonia

Der Wecker klingelte schrill in die Dunkelheit und mit einem Mal war Apollonia hellwach. Die ganze Nacht hatte sie damit zugebracht, vor Monstern wegzulaufen, die sich im letzten Moment immer in ihre Schwester verwandelt hatten. Aus diesem Grund war sie froh, dass der spitze Ton sie aus dem Netz aus Albträumen befreit hatte.

Eilig griff sie nach ihrem Wecker und schaltete ihn aus, dann sank sie zurück in ihr viel zu warmes Bett. Der Schweiß, der im Stoff ihres Kissen saß und ihn durchtränkt hatte, roch unangenehm und doch brachte es Apollonia nicht über sich, aufzustehen.

Warum habe ich so schlecht geschlafen? Sie hatte eine Theorie, aber allein der Gedanke schien absurd. Die letzten beiden Nächte hatte sie geschlafen wie ein Baby – mit Philomena an ihrer Seite. Konnte sie es gewesen sein, die die schlimmen Träume abgeschirmt hatte wie ein Netz?

Ja, sie hatten miteinander geschlafen und ja, Apollonia empfand etwas für Philomena, doch das hieß noch lange nicht, dass sie ein Paar werden würden, so viel hatte Apollonia in ihrem Leben schon gelernt. Was, wenn Philomena sie ab heute behandeln würde wie jeden anderen Mitarbeiter auch? Was, wenn Apollonia gar nicht erst die Chance bekam, ihr von Phoebe zu erzählen?

All die Fragen wogen schwer in ihrem Kopf und nach einiger Zeit des mit sich Ringens, stand Apollonia doch auf, schnappte sich frische Kleidung und verschwand im Badezimmer.

Die Tür war offen, denn ihre Eltern waren schon weg. Gestern Abend, als sie zurück nach Hause gekommen war, hatte sie noch nicht einmal ein »Hallo« zu hören bekommen. Ihre Mum und ihr Papa hatten einfach nur dagesessen. Manchmal führten sie ein Glas oder einen Bissen zu Essen zum Mund, aber das war´s. Wie konnten Menschen nur zu lebenden Toten werden?

Apollonia schäumte sich den Kopf mit Shampoo ein und obwohl das Wasser warm war, schüttelte es sie bei dem Gedanken an das, was ihre Eltern geworden waren. Man konnte nicht einmal mehr von einem »Wer« sprechen, das wäre zu viel.

Das aufgeschäumte Haarmittel lief ihr den Körper hinab und ein letztes Mal streckte Apollonia den Kopf unter die Brause. Sie konnte sich nicht immer verrückt machen, was ihre Eltern anging. Sie konnte nichts tun, denn sie wüsste nicht einmal im Entferntesten, was. Zu Beginn hatte Apollonia Angst gehabt, dass sie Phoebe weniger geliebt hatte, weil sie nicht in diese Starre der Trauer verfallen war, doch das war Unsinn. Sie wusste nur, wie man am Leben blieb. Das war eine Kunst.

Eilig schlüpfte Apollonia in eine blaue Jeans und in eine Bluse, die für ihren Geschmack etwas zu viel ihrer Brust zeigte, doch sie liebte die Farbgebung, die sich aus verschiedenen Weißtönen und sattem Lila zusammensetzte.

Erst dann wurde es ihr bewusst: Sie würde in nur kurzer Zeit wieder auf Philomena treffen. Am Arbeitsplatz.

Fast schon zittrig öffnete sie die Tür des Badezimmers und ging zurück in ihr Schlafzimmer, um ihre Tasche zu holen. Sie konnte sich nicht krankmelden, wie es so viele Menschen tagtäglich taten, um einer unangenehmen Situation zu entgehen. Zu viel Angst hatte sie, Philomena damit zu verunsichern. Sie schien nämlich so verletzlich und unsicher wie eine Feder in einem Sturm. Nur eine Böe und sie würden davongetragen.

Auf dem Weg zu Piccadilly Circus kaufte sich Apollonia eine heiße Tasse Kaffee mit einem Schuss Milch und einen Becher mit Porridge. Sie liebte diesen Brei, besonders, wenn er nach nichts anderem schmeckte als nach sich selbst. Kein Honig, kein Zucker – perfekt.

Als sie aus der Tube stieg, nahm sie den letzten Schluck aus dem Becher und entsorgte ihn dann im nächsten Mülleimer. Anders als in der letzten Nacht in Brighton, regnete es nicht und Apollonia hatte beste Sicht auf den Elizabeth Tower, wie er sanft in dem Orangeton der Sonne versank und somit einen neuen Tag einläutete. Es war fast schon magisch und plötzlich schienen Apollonias Sorgen weit weg. Das liebte sie an diesem Ort. Wenn die Sonne noch auf diese Weise aufgehen konnte, dann konnte der Tag nicht so schlimm werden.

Ein Lächeln der Zuversicht stahl sich auf ihr Gesicht und während sie sich auf den Weg zur Arbeit machte, begleitete sie nur ein Gedanke: Philomena würde alles verstehen. Sie würde nicht gehen.

Kapitel 26

Philomena

Der Jumpsuit saß eng an Philomenas Körper und die langen Haare hatte sie nach oben gebunden. Es hatte sie alle Überwindung gekostet, sich heute aus dem Bett zu schälen und zur Arbeit zu kommen.

Was sagte man schon zu einem Menschen, mit dem man geschlafen, sich aber noch nicht ausgesprochen hatte? *Hey, die Nacht war ... cool, ich will sie wiederholen?* Lahm.

Sie wusste noch nicht einmal, was ihr die größte Angst machte. Dass Apollonia alles vergessen wollte? Dass sie irgendwie herausgefunden hatte, wie krank Philomena wirklich war? Letzteres schnürte ihr fast den Hals zu und doch lief sie in das große Firmengebäude, auf die Aufzüge zu und sobald sie in einem stand, drückte sie auf die *16*. Sie würden noch einmal zu zweit das Projekt besprechen, bevor am Donnerstag Ashley und Blake – die beiden, mit denen sie in Brighton zusammengearbeitet hatten – mit ihren Teams zu ihnen stoßen würden. Sie hatten nicht mehr viel Zeit, um in Apollonias Büro allein zu sein. Gar nicht mehr viel.

Der Aufzug bewegte sich wie immer in schnellem Tempo und doch fühlte es sich an, als wäre er gleichzeitig zu schnell und zu langsam.

Mit Schweiß auf der Stirn trat Philomena nach einigen Sekunden aus dem Aufzug und lief in Richtung Apollonias Büro. Ein paar Mitarbeiter kamen ihr entgegen, grüßten, doch Philomena ignorierte sie. Viel zu angespannt war ihr ganzer Körper und schon jetzt wünschte sie sich, sie hätte mal wieder nach einer Notfall-Tablette gegriffen. Aber sie durfte sie nicht jeden Tag nehmen, das hatte ihr Arzt schon so oft betont.

Erst als sie direkt vor Apollonias Büro stand, wurde ihr bewusst, wie eng ihr Jumpsuit wirklich an ihr saß. Kaum Luft befand sich zwischen dem Stoff und ihrer Haut, was Philomena das Gefühl gab, fast nichts zu tragen. Doch jetzt konnte sie es nicht mehr ändern. Heute Morgen schien sie selbstbewusster gewesen zu sein als in diesem Augenblick.

Ein letzter Atemzug kam in ihre Lungen, dann hob sie die rechte Hand und klopfte.

»Herein!«

Philomena drückte die Tür auf und am liebsten hätte sie den Anblick für immer in ihr Gehirn gebrannt. Apollonia saß mit einer tief ausgeschnittenen Bluse hinter ihrem Schreibtisch und ihre grün-grauen Augen leuchteten, als wartete sie auf das nächste Weltwunder. Ihre braunen, mittellangen Haare fielen ihr über die Schultern und ihr Pony hing ihr knapp über die Augenbrauen. Ihr Mund war zu einem Lächeln geformt, als wollte sie Philomena im Stillen mit den schönsten Worten begrüßen, die diese je gehört hatte.

Plump im Vergleich zu Apollonias Anblick, wisperte Philomena: »Hi.«

Diese eine Silbe waberte im Raum, doch nicht wie schlechte Luft, sondern wie ein

Wunsch, der noch nicht in Erfüllung gegangen, aber dennoch ganz nah war.

»Hallo«, gab Apollonia zurück und falls es möglich war, wurde ihr Lächeln noch breiter.

Als hätten ihre Beine schon verlernt, zu gehen, tapste Philomena zu Apollonias Schreibtisch und blieb einige Sekunden vor ihm stehen. Sollte sie sich vorbeugen und Apollonia küssen? Nein, das wäre zu viel. Oder nicht ...?

»Ich bin froh, dass du da bist.«

Apollonia holte Philomena aus ihrer Starre und sie ließ sich – ohne Kuss – auf den Stuhl gegenüber fallen.

So sehr Apollonia geleuchtet hatte, so unsicher wirkte sie nun. Sogar den Augenkontakt mied sie mit Philomena, als hätte sie urplötzlich vor etwas Angst.

»Ich freue mich auf den Arbeitstag«, gab Philomena als Antwort und ein Teil des Glitzerns trat zurück in Apollonias Gesicht.

Noch einige Sekunden saßen sie in Schweigen, dann nahm Philomena ihren

Laptop heraus und schaltete ihn ein. Als Erstes ploppte die Website ihres Blogs auf, die sie schnell schloss. Dann navigierte sie zu ihrem Marketing-Projekt und schaute wieder zurück zu Apollonia. Auch diese brachte ihren Computer zum Laufen und dann stürzten sie sich in die Arbeit, als sei sie die Rettungsboje, die sie beide in diesem Meer aus Unsicherheit so dringend brauchten.

*

Den gesamten Tag beschäftigten sie sich mit den Feinheiten der Kampagne und als sie um siebzehn Uhr die Computer herunterfuhren, waren sie beide zufrieden. Normalerweise war Philomena nicht so lange im Büro, da sie es nur schwer so lange in der Außenwelt aushielt, doch heute war eine Ausnahme. Sie hatte sich den ganzen Tag sicher gefühlt und gleichzeitig auch nicht überfordert, als würde Apollonia auf ihre ganz eigene Art und Weise ihre Emotionen respektieren. Gerade verstauten sie alles, da kam Herr Maunt, ohne zu klopfen, ins Büro.

»Hallo, Ihnen beiden.«

»Guten Tag, Herr Maunt«, gab Apollonia zurück und Philomena nickte ihm zur Begrüßung zu.

»Ich möchte Ihnen nochmal für Ihre Teilnahme am Ausflug danken. Konnten Sie neue Blicke auf die Welt gewinnen? Ich finde, kein Ort ist dafür besser als Brighton.«

Philomena lief rot an, da war sie sich sicher, auch wenn sie in keinen Spiegel schauen konnte. Ja, sie hatte eine neue Perspektive gewonnen, doch diese hatte nichts mit Brighton oder ihrem Job zu tun ...

»Jedenfalls würde ich Ihnen die anderen Mitarbeiter schicken und dann können Sie Ihr Projekt bald finalisieren.«

Auch diesmal war es Apollonia, die sprach: »Wir haben in Brighton mit Blake und Ashley gearbeitet, die ihre Zusammenarbeit angeboten haben. Wir haben sie für Donnerstag ins Büro gebeten.«

Bei den Worten erhellten sich Herrn Maunts Züge und er grinste Apollonia an. Komischerweise störte Philomena das. Es war nicht die Eifersucht, dass sie auch am Projekt beteiligt war und keinen Dank erhielt, nein. Es war ... eine andere Emotion, die sie nicht genau benennen konnte.

»Sie leisten wirklich gute Arbeit und das, obwohl sie erst so kurz bei uns sind. Von Ihnen erwarte ich noch viel.«

Herr Maunt zwinkerte – er hatte die Dreistigkeit zu *zwinkern* – Apollonia zu und verließ dann das Büro.

Philomena schäumte vor Wut und wäre ihm am liebsten nachgelaufen, um ihm eine Klatsche zu geben. Was dachte er denn, wer er war?

Die Emotion, die Philomena zuvor fremd gewesen war, verpuffte, als sie zurück zu Apollonia sah, die den Besuch ihres Chefs schon wieder zu vergessen haben schien.

»Was machst du heute noch?«, fragte sie Philomena und deren Herz hüpfte, als hätte sie ihr gerade einen Herzenswunsch erfüllt.

»Nicht viel, ich wollte nur nach Hause.«

Apollonia schien einige Zeit nachzudenken. Sie senkte den Blick und die Stille, die auf Philomenas Antwort folgte, war schwer.

Erst nach einigen Sekunden der Schwere räusperte sich Apollonia: »Sollen wir vielleicht zusammen zu Abend essen?«

Philomena musste gar nicht darüber nachdenken: »Ja, gern.«

Das Leuchten war zurück in Apollonias Augen und Philomena konnte nicht sagen, wie sie die letzten Stunden damit verbracht hatte, wirklich produktiv zu sein – wenn man bedachte, dass Apollonia die gesamte Zeit über in demselben Raum gewesen war wie sie.

Kapitel 27

Apollonia

Den ganzen Tag über hatte sie sich an einem Lächeln versucht und irgendwie war es ihr gelungen. Dennoch fühlte sie sich schrecklich.

Erst an ihrem Schreibtisch hatte Apollonia auf das Datum gesehen und war erschrocken. Wie hatte sie es nur vergessen können? Heute war Phoebes Geburtstag.

Eigentlich hatte sie erwartet, sich sofort zu einem Ball zusammenzurollen und nie wieder aufzustehen, doch das genaue Gegenteil war passiert. Ob es der Druck der Firma war oder Philomenas Anwesenheit; Apollonia hatte keine Ahnung. Trotzdem hatte sie es geschafft, den ganzen Tag durchzuarbeiten und jetzt mit Philomena vor einem italienischen Restaurant zu stehen.

Auch wenn Apollonia wusste, dass der Schmerz sich heute Abend im Bett alles Verpasste zurückholen würde, dachte sie nicht daran. Sie konnte nicht immer nur an die Pein denken, die ohne jeden Kompromiss auf sie einstürmen würde.

Philomena hob ihr die Tür auf und Apollonia lief vor der jungen Frau in das Restaurant. Innen sah es aus, als hätten sie mit den wenigen Schritten in das Restaurant eine Reise nach Italien hinter sich gebracht. Der Duft nach gebackenem Teig und Käse hüllte sie ein, zusammen mit den kleinen Tischen und der Deko kam es ihr vor wie *Little Italy*. Philomena hatte das Restaurant ausgesucht und wieder einmal bei Apollonia genau ins Schwarze getroffen.

Zusammen liefen sie an einen freien Tisch und als sie sich setzten, zupfte Apollonia ihre Bluse zurecht, die wieder einmal verrutscht war. Fast schon peinlich berührt schaute sie währenddessen zu Philomena, die sie genau beobachtete. Schnell ließ sie von ihrer Bluse ab und setzte sich aufrecht auf ihren Stuhl. Die Kleidung von Philomena war ihr auch heute nicht entgangen. Nie hätte sie ihr zugetraut, einen solch engen und körperbetonten Jumpsuit zu tragen, doch sie war froh, dass sie sich offensichtlich in der unsicheren Frau getäuscht hatte.

Eilig kam ein Kellner vorbei, gab ihnen beiden die Speisekarte und rannte dann schon wieder zum nächsten Tisch, während er etwas auf Italienisch vor sich hin murmelte.

»Was isst du am liebsten in der italienischen Küche?«, fragte Apollonia hinter ihrer Karte. Es dauerte nur eine Sekunde, da antwortete Philomena: »Pizza. Keine Frage.«

Apollonia unterdrückte ein Lachen und hob dann die Speisekarte wieder etwas tiefer, um Philomena anzugrinsen. »Was auch sonst?«

Zusammen arbeiteten sie sich durch die verschiedenen Pizzen und entschieden sich für eine Partypizza – sie hatten immerhin den ganzen Tag nichts gegessen – mit unterschiedlichen Käsesorten und Gemüse. Als sie dem gestressten Kellner die Bestellung nannten, tippte dieser sie eilig in ein kleines Gerät, das dem Aussehen nach zu urteilen, einem iPhone ähnelte und dann rannte er schon wieder davon.

So hibbelig wie er war, saß er wohl nie still. Der Gedanke war ganz unschuldig gewesen und doch paralysierte er Apollonia sofort. Sie kannte auch dieses Verhalten, denn wenn es nicht die grausame Gleichgültigkeit in Phoebe gewesen war, war sie so hektisch gewesen, dass sie sich kaum hingesetzt hatte, um alles nachzuholen, was sie in der Depression vernachlässigt hatte.

Apollonia war froh, dass ihre *Coca Cola* schon auf dem Tisch stand und sie einen Schluck nehmen konnte, um ihren Schluchzer zu unterdrücken.

Komischerweise fühlte es sich an, als wüsste Philomena genau, was sie da tat, denn ihre Augen ruhten für einige Minuten auf Apollonia, als müsste sie sie genau analysieren.

»Du hast erzählt, dass du mit deinen Eltern zusammenwohnst, richtig?«

Philomena war so gesprächig in der letzten

Zeit, dass es Apollonia immer wieder erstaunte. Fast hatte sie nichts mehr von der jungen Frau, die an ihrem ersten gemeinsamen Arbeitstag in ihr Büro gekommen und dann geflüchtet war.

Einen letzten Atemzug gönnte sie sich, dann antwortete Apollonia: »Ja, wir wohnen ziemlich außerhalb.«

Mehr wollte sie heute Abend nicht dazu sagen, denn heute war kein Tag, um Philomena ihre Familiensituation zu erklären. Es war ein fast schon spitzbübisches Denken, aber am liebsten würde sie sich den ganzen Abend mit Philomena unterhalten, um dann in einer Welt aus Lust und Sex mit ihr zu versinken – wie in Brighton. Selten hatte sie so ruhige Nächte verbracht wie an diesem Wochenende.

Schnell schalt sie sich für diesen Gedanken, denn Philomena war kein Spielzeug, das sie einfach benutzen konnte und trotzdem hatte es sich gut angefühlt, gewollt und begehrt zu werden.

Philomena räusperte sich und erst jetzt bemerkte Apollonia, dass sie wohl die nächste Frage ihres Gegenübers nicht gehört hatte.

»Sagst du das nochmal?«, fragte Apollonia beschämt und lief mit Sicherheit knallrot an. *Hoffentlich denkt Philomena nicht, ich fände das Gespräch mit ihr nicht interessant.*

Philomena beugte sich etwas über den Tisch, als wollte sie Apollonia fragen, ob es ihr gutging, entschied sich dann wohl im letzten Moment um und lehnte sich wieder zurück.

»Warst du schon mal in Whitechapel?«

Apollonia erinnerte sich daran, dass Philomena ihr in Brighton erzählt hatte, dass sie in diesem Viertel wohnte, doch bisher hatte Apollonia noch nichts über den Stadtteil recherchiert.

»Nein«, gab sie etwas beschämt zu. Auch wenn sie erst ein paar Monate in London lebte, wollte sie alles über die Stadt wissen und hatte wohl bei diesem berühmten

Fleckchen versagt.

»Du hast nicht viel verpasst«, witzelte Philomena und es hörte sich an, als wollte sie die Stimmung heben. »Es gibt viel Kriminalität und so was. Aber ich hätte es mir schlimmer vorgestellt. Ich lebe jetzt doch schon einige Zeit in der Wohnung und hatte noch nie Probleme.«

Apollonia nickte und nahm einen weiteren Schluck ihrer Markencola.

»Wir haben früher in einer mittelgroßen Stadt gelebt, die eigentlich alles hatte, was man zum Leben brauchte. Die Größe ist im Vergleich zu London ein Witz.« Apollonia erzählte weiter und komischerweise kam ihr ein Lächeln auf die Lippen, während sie sprach: »Es gab einen tollen Eisladen und das das ganze Jahr über. Es war eine Konstante, auf die man sich immer verlassen konnte. Hier in London ist alles viel schnelllebiger.« Philomena nickte.

Der Kellner kam mit einem riesigen Brett auf sie beide zugesteuert und setzte dann die gigantische Pizza in der Mitte ihres Tisches ab. »Wow«, brachte Apollonia heraus und versuchte, die viereckigen Stücke zu zählen, die schon vorgeschnitten waren. Zweiunddreißig. Wow.

»Ich glaube, wir haben die Größenangaben nicht genau angeschaut«, witzelte Philomena und roch an dem Meisterwerk aus Teig, Käse und weiteren erlesenen Zutaten. Auch Apollonia genoss das Aroma, das für sie so viel Wärme und Schutz mit sich brachte. Pizza gab es überall und so machte es auch jeden Ort auf der Welt zu einer Art Zuhause.

Fast gleichzeitig griffen die beiden Frauen nach Pizzastücken und für einige Minuten war es still am Tisch. Die sechzehn Stücke für jeden hatten sie zur Hälfte verdrückt, als Apollonia wieder sprach: »Warum bist du daheim ausgezogen?«

Philomena hielt in der Bewegung inne und fast konnte Apollonia den Schweiß auf ihrer Stirn sehen, der sich bei der Frage bildete. Gerade wollte sie sich für die direkte Frage entschuldigen, da sprach Philomena: »Sagen wir es so, meine Eltern und ich hatten Differenzen.«

Apollonia wusste, dass sie an diesem Abend nicht mehr aus ihr herauskitzeln konnte und sie wollte es auch nicht. Niemand sollte bei einem netten Gespräch gegrillt werden wie ein Steak beim Barbecue.

Zu ihrer beider Erstaunen schafften sie die ganze Pizza und lehnten sich dann in ihren Stühlen zurück, die Hände auf den vollen Bäuchen. »Wow. Das war gut.« Die Worte waren so ehrlich über Philomenas Lippen gekommen, dass Apollonia lachen musste. Philomena bewegte den Kopf und schaute ihr dabei direkt in die Augen. Die Stimmung am Tisch veränderte sich langsam und plötzlich hätte sich Apollonia nichts Besseres vorstellen können, als dass das Restaurant um sie verschwand und sie nur noch zu zweit sein würden. Zusammen und ungestört.

Phoebe hatte immer gesagt, dass Sex nichts mit Liebe zu tun hatte, denn verliebt hatte sie sich nie. Aber Sex, den hatte sie gehabt – besonders, wenn sie mal wieder aus ihrem Tief aufgetaucht war und sich an den nächsten Kerl herangeschmissen hatte, der ihr über den Weg gelaufen war.

Doch im Moment wollte Apollonia nicht weiter über Phoebe nachdenken. Dafür war Philomena eine viel zu gute Ablenkung.

Sollte sie sie fragen, ob sie die Nacht zusammen verbringen wollten? Doch wo? Sie konnte sie auf keinen Fall mit nach Hause nehmen. Aber sie konnte sich auch nicht zu ihr einladen ...

»Hättest du Lust, am Mittwoch zum Abendessen zu mir nach Hause zu kommen?« Philomenas Stimme war ungewöhnlich hoch und Apollonia musste ein paar Mal blinzeln, um zu verstehen, was Philomena sie gerade gefragt hatte.

»Gerne«, gab sie fast ebenso heiser zurück und zum ersten Mal an diesem Tag hatte sie keinerlei Mühe, zu strahlen. Zu strahlen, als wäre die Welt wieder in Ordnung. Und das

Schöne war: Philomena strahlte genauso zurück.

*

Apollonia hatte sich von Philomena mit einer Umarmung verabschiedet und auch, als sie fast zuhause angekommen war, hätte sie sich dafür noch ohrfeigen können. Warum hatte sie sie nicht geküsst? *Crap*.

Nach einiger Grübelei auf dem Weg von der Tube zu der kleinen Wohnung ihrer Eltern, beschloss sie, dass all das nichts brachte. Sie konnte die Vergangenheit nicht ändern. Das hatte sie schmerzlich gelernt.

Anders als die vielen Male zuvor, begrüßte sie nicht die Stille der Wohnung, sondern ein ganz anderes Geräusch. Ein Geräusch, das ihr durch Mark und Bein fuhr.

Eilig legte sie die Tasche auf dem Boden ab und stürmte ins Wohnzimmer. Der Anblick brach ihr das Herz und sie konnte es zerspringen hören.

Ihre Mutter kauerte auf dem Boden und um sie herum lagen überall Scherben aus all den Familienbildern, die auf der Fensterbank gestanden hatten. Sie weinte so kläglich, dass Apollonia nach Luft schnappte, als hätten ihre Lungen die Arbeit niedergelegt.

Apollonia lief durch die Scherben auf ihre Mutter zu, die geschüttelt wurde von Schluchzern und Weinattacken. Von ihrem Vater war nichts zu sehen.

»Mum, shhhhh. Shhhh.« Dieser Laut machte eigentlich nichts besser und doch wurde er immer zur Beruhigung genutzt. Leider half es in diesem Fall nicht. Apollonia tat, was sie schon so lange nicht mehr gemacht hatte, und legte die Arme um ihre Mutter. Doch diese reagierte anders als erwartet. Sie stieß ihre einzige lebendige Tochter von sich und klammerte sich weiter an ein Bild, das sie zuvor an ihre Brust gedrückt hatte.

Apollonia stolperte zurück und wäre fast in die Scherben gefallen. Es war das letzte Bild, das sie von ihren Eltern und Phoebe geschossen hatte. Sie waren zusammen auf dem Balkon ihrer alten Wohnung gestanden und hatten in die Kamera gelächelt. Apollonia war nicht auf dem Bild.

Es fühlte sich schlimmer an als hätte ihre Mutter sie geschlagen. Tränen schossen Apollonia in die Augen und sie konnte nicht anders, als sie über ihre Wangen strömen zu lassen.

Urplötzlich gab es keinen Sauerstoff mehr in dem Raum, der von Scherben gespickt war. Normalerweise hätte sie sich daran gemacht, die Splitter aufzufegen, damit sich ihre Mutter keine Verletzungen zufügen konnte. Doch es war unmöglich.

Apollonia rannte aus dem Raum, den Gang entlang und in ihr Zimmer. Die Tür schlug hinter ihr zu, als wollte sie, dass es die ganze Stadt hörte, und Apollonia brach gegen sie gelehnt zusammen. Sie hatte schon immer gewusst, dass sie in den Augen ihrer Eltern weniger Wert war als ihre Schwester, doch es hatte sie nie gestört. Aber jetzt – da Phoebe nicht mehr bei ihnen war – fühlte es sich an, als hätte Apollonia gar keine Eltern mehr.

Langsam schleifte Apollonia sich in ihr Bett und ließ ihre Gedanken wandern, ehe die Trauer und Müdigkeit sie in Schwärze zog, die bald für die Albträume Platz machen würde.

Apollonia.

Meine Eltern hätten mir jeden Namen geben können, doch sie haben sich für diesen entschieden. Jetzt, da ich auf einige Jahre meines Lebens zurückblicke, glaube ich, dass sie sich übernommen haben. Dass sie große Hoffnungen für ihre Erstgeborene hatten; dass sie darauf bestanden, ihr einen bedeutenden Namen zu geben. Jeder würde sich an sie erinnern, an das Mädchen mit dem außergewöhnlichen Namen griechischen Ursprungs.

Nie hätten sie wissen können, dass ich einmal so wichtig in der Welt werden würde, wie eine Fliege, die gegen eine Autoscheibe klatscht. Die meisten hinterlassen noch nicht einmal einen Fleck.

Sie haben alles verloren und nur ich bin noch hier. Ihre Welt ist in sich zusammengebrochen und doch ist eine Tochter noch bei ihnen. Leider ist es die falsche.

Kapitel 28

Philomena

Gefegt. Aufgeräumt. Geputzt.

Philomena ging all die Dinge durch, die auf ihrer To Do-Liste standen und die unbedingt erledigt werden mussten, ehe Apollonia in ihre Wohnung kam.

Am Montag hatte sie Apollonia zu sich eingeladen und den gestrigen Tag hatte sie damit zugebracht, ihre Wohnung auf Vordermann zu bringen. Gegen sieben am Abend würde Apollonia zu ihr kommen, sie würden gemeinsam Abendessen und dann ... Ja, was dann? Philomena beschloss, sich nicht unter Druck zu setzen, und schloss das Fenster auf ihrem Computer, das ihrem Blog gewidmet gewesen war. Daneben lag ihr Handy, mit dem sie von Apollonia ein paar Fotos in Brighton geschossen hatte, um sie jetzt nachzumalen und auf ihrem Blog hochzuladen. Wie immer hatte sie den Beitrag geschlossen mit: *Kunst ist leise, still und doch so laut, dass nur die wenigsten wirklich zuhören.*

Vielleicht würde sie Apollonia irgendwann die Malereien zeigen, doch sie konnte nicht abschätzen, was diese dazu sagen würde. Würde sie es als Verletzung ihres Rechtes am Bild ansehen? Sicher nicht.

Ein letzter Blick in ihre Wohnung bestätigte ihr, dass sie alles geputzt hatte, was möglich war, dann nahm sie die Tasche über ihre Schulter und verließ ihre dreißig Quadratmeter.

Den heutigen Tag würde sie in ihrem eigenen Büro verbringen, denn sie war kurzfristig gebeten worden, einen Entwurf umzusetzen, und sie hatte nicht ablehnen können.

Genau um acht kam sie im Büro an und widmete sich dann eilig der Aufgabe, damit sie pünktlich Feierabend machen konnte, um das Essen vorzukochen. Manchmal gab es Tage, an denen sie es kaum schaffte, zu duschen, und dann gab es diese, in denen jede Aufgabe ihren Tag nur besser strukturierte und sie dankbar dafür war. Der Laptop war schnell eingeschalten und auch wenn die meisten ihrer Design-Kollegen die großen Bildschirme liebten, stimmte sie nicht zu. Sie mochte es klein, das gab ihr das Gefühl, als hätte sie alles genau im Griff. Es war kein rationales Denken, aber das war ihrem Gehirn egal. Ihr Gehirn mochte es nicht unbedingt rational.

Den ganzen Morgen und sogar den Nachmittag – den sie normalerweise immer nutzte, um von daheim zu arbeiten – saß sie am Entwurf und schickte ihn gegen vier am Nachmittag an ihren Chef. Damit war ihre Arbeit getan.

Eilig packte sie ihre Sachen zusammen und überlegte sich, ob sie noch bei Apollonia im Büro vorbeischauen sollte, entschied sich dann aber dagegen. Sie würden sich in nur drei Stunden sehen und es würde ein toller Abend werden.

Fast schon beflügelt lief Philomena zurück

zur Tube und doch gab es einen kleinen Teil in ihrem Kopf, der sie für ihr Verhalten rügte. Sie sollte mittlerweile wissen, dass es keine guten ohne die schlechten Tage gab. Wie konnte sie das nach all der Zeit überhaupt noch erwarten?

Philomena klammerte sich an den Gedanken, dass alles gut werden würde, wie an die Schlaufe an der Stange der Tube, die dafür sorgte, dass sie bei scharfen Bremsungen nicht fiel.

Ihr Gehirn lachte, laut und selbstbewusst, denn so sehr Philomena es auch verdrängte, ihr Gehirn wusste es besser.

Kapitel 29

Apollonia

Es war zwei Tage her und doch hatte sich Apollonia noch nicht von Phoebes Geburtstag erholt. Als Phoebe starb, hatte sie sich vorgenommen, immer an ihrem Geburts- oder Todestag in ihre beider Heimatstadt zu reisen und an ihrem Grab zu stehen, doch sie hatte es nicht geschafft. Dies machte ihr auch jetzt noch zu schaffen und trotzdem war sie fast erstaunt, wie viel mehr Schmerz ihr das Verhalten ihrer eigenen Mutter gebracht hatte. Es war, als wäre sie nicht mehr ihre Tochter.

Eine Träne drohte, auf ihre Wange zu kullern, doch sie hielt sie zurück. Zum Glück waren nicht mehr viele Menschen in der Firma, sonst wäre sie in Panik verfallen, wenn die Tränen doch den Kampf gewonnen hätten.

Es war kurz vor achtzehn Uhr und sie würde bald losgehen. Eigentlich hatte sie schon um sechzehn Uhr Feierabend gehabt, doch sie hatte nicht nach Hause gehen wollen, bevor sie sich zu Philomenas Apartment aufmachte. Alle Zeit, die sie nicht in der Wohnung ihrer Eltern verbringen musste, war eine gute Zeit.

Langsam ließ Apollonia ihre Arbeitsmaterialien in ihre Tasche gleiten und schaute sich im Büro um, ob sie noch etwas aufzuräumen hatte. Auf den schnellen Blick fiel ihr nichts auf, also nahm sie ihren Stuhl und stellte ihn auf ihren Schreibtisch, damit die Putzfirma es leichter hatte, sich durch ihr Büro zu arbeiten.

Noch immer versunken in ihrer Trauer und dem Schock vom Montag, lief sie zum Aufzug und trat hinein. Die sechzehn Stockwerke flogen fast sekundenschnell an ihr vorbei und langsam aber sicher schien sich ihr Körper daran zu erinnern, dass sie gleich ein Date mit Philomena hatte. Als hätte ihr Mund ein eigenes Leben, formte er sich zu einem Lächeln und sie hoffte, dass ihr Mund ihr Gehirn noch überzeugen konnte.

Apollonia lief zur Blumenhandlung gegenüber der Firma *Snucky* und fragte nach einem Strauß mit warmen Farben. Die Verkäuferin lächelte sie freundlich an und suchte einen Strauß aus Rosen, Veilchen und kleinen Lilien heraus, der fast schon das Wort »Danke« schrie. Und das war genau das, was sie wollte. Sie hatte Philomena viel zu verdanken, denn sie schaffte es, dass Apollonia nur auf sich selbst und die schöne junge Frau konzentriert war. Es fühlte sich an, als hätte sie Urlaub von ihrem eigenen Kopf, wenn Philomena ihr Küsse auf die Haut hauchte.

Schnell hatte die Blumenhändlerin den Strauß verpackt und ihn Apollonia gegen ein paar Pfund gegeben.

Dann machte sich Apollonia auf den Weg zur Tube.

*

Es begann langsam zu dämmern, während Apollonia die Tube-Station in Whitechapel verließ. Das Viertel schien ihr auf den ersten

Blick nicht anders als alle anderen Teile Londons, doch je weiter sie lief, desto klarer wurde ihr, dass sie sich geirrt hatte.

Das Handy, das sie für Google Maps genutzt hatte, verschwand fast von selbst in ihrer Jackentasche und sie hoffte, dass sie sich den Weg gut eingeprägt hatte.

Die Straßen waren voller Heranwachsender, die die unterschiedlichsten Sprachen nutzten. Anders als die vielen Konservativen, die allein daraus einen Skandal machen konnten, war es bei Apollonia anders. Sie sah die Verzweiflung in den Gesichtern der Kinder und Jugendlichen. Die Straßen waren verdreckt und die Häuser waren so heruntergekommen, dass Apollonia sich manchmal gar nicht mehr sicher war, noch immer in London zu sein. Alles in diesem Viertel – ob die dicken Autos mit den getönten Scheiben, die wohl als Drogenautos genutzt wurden, oder die leicht bekleideten Frauen, die nicht aus eigenem Willen hier waren – schrie Verzweiflung.

Apollonia war froh, das Haus, das Philomena ihr am Montagabend beschrieben hatte, gefunden zu haben, und trotzdem war sie schockiert. Philomena war nicht die Art von Mensch, die man in einem solchen Viertel vermutete. Auch das war sehr oberflächliches Denken, doch die Bilder brannten zu sehr in ihrem Kopf, als dass Apollonia es verhindern konnte.

Sie klingelte und nur Sekunden später ertönte das Geräusch, das Apollonia ins Gebäude ließ.

Eilig lief sie die Stufen herauf und stand dann vor einer Tür, an dessen Klingelschild der Name *Downes* geschrieben stand.

Sie war richtig.

Es dauerte keine halbe Minute, da wurde die Tür geöffnet und Philomena stand vor ihr. Anders als im Büro, war sie jetzt nicht geschminkt und ihre Kleidung war leger. Sie hätte nicht schöner aussehen können.

»Hey«, grüßte Apollonia und hielt ihr den Strauß entgegen. Ein Lächeln breitete sich auf Philomenas Gesicht aus und sie nahm die Blumen dankend an. »Komm rein.«

Der Gang, in den Apollonia nun trat, war klein und doch schön. Die Wände waren in einem leichten Blau gestrichen und es stand eine verschnörkelte Kommode direkt gegenüber der Tür.

»Die Schuhe kannst du anlassen«, sagte Philomena und verschwand in der Tür zu ihrer Linken. Apollonia lief ihr nach und fand sich in einer Küche, die so winzig war, dass kaum ein Spülbecken und der enorme Kühlschrank hineinpassten. Aber es roch himmlisch. Was war das? Genüsslich hob Apollonia die Nase, wie ein Hund, der versuchte, einen Geruch in einer Windböe auszumachen.

»Das riecht ja toll«, sagte sie lobend, als Philomena gerade den Strauß in eine Vase mit Mineralwasser gleiten ließ, ehe sie diese auf die Anrichte stellte.

»Danke«, sagte sie dann und wurde leicht rot. »Ich hoffe, du magst Moussaka. Ich dachte, ich mache etwas Griechisches. Du weißt schon, wegen unserer Namen ...«

Am liebsten wäre Apollonia zu Philomena gestürmt und hätte die Arme um sie geschlungen. Sie hatte sich so viele Gedanken gemacht und extra für sie gekocht. Das war Apollonia nicht gewohnt und obwohl sie ihr eigentlich sagen wollte, dass sie sich nicht so viel Arbeit machen sollte, fühlte sie sich wie die Prinzessin auf der Erbse – auch wenn sie noch nie von dem griechischen Gericht gehört hatte.

Philomena holte eine viereckige Form aus dem Ofen und der leckere Geruch intensivierte sich aufs Neue.

»Wie hast du das gemacht?«

Die nächsten Minuten erklärte Philomena ihr genau, wie die Kasserolle aus Griechenland gemacht wurde und fast klappte Apollonias Kinnlade herunter. Es war ein ewig langes Rezept mit vielen Zutaten und extra Soßen und Schichten. *Wow*, dachte sie nur und genoss den natürlichen Anblick, der

Philomena noch schöner strahlen ließ als je zuvor.

Philomena grinste fast die gesamte Zeit durch und lief dann mit der Ofenform zurück in den Gang und hinein in einen kleinen Raum. Der kleine Raum besaß einen Tisch, ein Bett und einen Holzstall – mehr gab es nicht. Der Platz war sehr beengt und trotzdem war er einladend. Apollonia konnte nicht anders und lief zu dem Stall. Darin saßen vier Meerschweinchen und sie grinste sie an, als könnten die haarigen Schweinchen das Lächeln erkennen und als Freundlichkeit abstempeln.

Philomena stellte die Form auf den Tisch, der schon mit Tellern, Besteck und schönen Gläsern gedeckt worden war.

»Du hast eine tolle Wohnung.« Apollonia meinte jedes Wort und zum Glück nahm Philomena es auch so auf. Manche würden sagen, dass sie sich vielleicht über die Enge der Wohnung lustig machte, doch nichts lag Apollonia ferner. Sie beneidete Philomena, auch wenn sie nicht der neidische Typ war. Sie beneidete sie, weil sie einen Raum – ja, eine ganze Wohnung hatte – die nur ihr gehörte. In der sie sein konnte, wie sie wirklich war, ohne auf jemand anderen Rücksicht zu nehmen.

Ein paar Sekunden später – während sich Apollonia noch immer umschaute – kam Philomena mit einer Karaffe voll mit Limonade in den Raum. »Setz dich doch.«

Das ließ sich Apollonia nicht zweimal sagen und sank auf den Stuhl direkt neben der Tür.

»Hast du Durst?«, fragte Philomena und noch einmal schoss Apollonia in den Kopf, wie verändert Philomena wirkte. Diesmal war es nicht ihr Äußeres, sondern ihre Art. Sie fühlte sich viel sicherer, das war ihr anzusehen, und am liebsten hätte Apollonia sie so eingefroren, um sie nie wieder unsicher und leidend zu sehen wie an ihrem ersten gemeinsamen Arbeitstag.

Nachdem Philomena ihre Gläser gefüllt hatte, nahm sie einen großen Löffel und tat ihnen beiden von dem griechischen Gericht auf. Apollonia hatte plötzlich großen Hunger und hätte am liebsten die gesamte Portion inhaliert.

»Danke für das tolle Essen«, sagte sie und wieder genoss sie das Grinsen auf Philomenas Gesicht.

»Zuerst musst du probieren«, kicherte sie und Apollonia tat wie geheißen. Es war fast eine Explosion in ihrem Mund und sie konnte nicht anders: »Holy shit.«

Das Lächeln, das sich jetzt auf Philomenas Gesicht manifestierte, war besser als alles, was Apollonia jemals gesehen hatte. Sie konnte nicht anders. Apollonia beugte sich über den Tisch und presste ihre Lippen auf Philomenas. Da sie noch nichts von dem Essen getestet hatte, schmeckte sie noch nach einem Lipgloss, der wohl Erdbeergeschmack imitierte. Sanft legte Philomena eine Hand an Apollonias Wange und auch wenn die Position über dem Tisch nicht die angenehmste war, so machte dieser

Kuss alles wett.

Erst nach einigen Minuten des Küssens und des Schwebens auf Wolke sieben, löste sich Apollonia wieder und ließ sich zurück auf ihren Stuhl sinken. Die Sicherheit, die Philomena in ihrer Wohnung ausstrahlte, war auch jetzt fast greifbar.

Eine Weile grinsten sie einander fast dümmlich an, dann griffen sie nach dem Besteck und verschlangen so viel von dem griechischen Gericht, wie sie nur konnten. Es war viel zu lecker, um aufzuhören.

Kapitel 30

Philomena

Das Glas *Coca Cola* in ihrer Hand wackelte leicht, als Apollonia nach einem Buch griff, das hoch auf dem einzigen Schrank in Philomenas Wohnung stand.

»Was für ein lustiger Titel«, meinte sie und drehte das Buch mit der Aufschrift auf dem Cover in Philomenas Richtung. *ich bin (nicht) ich*.

Philomena musste fast grinsen, denn auch sie hatte zuerst so reagiert, dann aber während des Lesens bemerkt, dass es wirklich darum ging, man selbst zu sein und gleichzeitig jemand ganz anderes, jemand Fremdes. Sie kannte das Gefühl nur zu gut, weswegen sie auch vermutete, dass sie sich so gut in diesem Buch verlieren konnte.

Es war ein merkwürdiges Gefühl, jemand anderen in der kleinen Wohnung in Whitechapel bei sich zu haben und dennoch war es nicht unangenehm, denn es war

Apollonia. Warum diese Frau alle Mauern niederriss und einfach so in Philomenas Leben getreten war, wusste sie nicht, doch sie genoss es.

Für diese wenigen Momente konnte sie sich selbst einreden, gesund und unbeschwert zu sein. Auch sie griff jetzt nach ihrem Glas Markencola – den Rest konnte man nicht trinken – und lief in Apollonias Richtung. Sollte sie sie anfassen? Erwartete Apollonia etwas? Zu Philomenas Erstaunen kam alles ganz anders.

Apollonia lief zu Philomenas Bett und ließ sich darauf nieder. Philomena folgte ihr und für einige Zeit sprachen sie nicht.

»Danke für all das hier«, meinte Apollonia dann und es schwang so viel Gefühl in ihrer Stimme mit, dass es Philomena fast zum Bersten brachte.

»Das war doch nichts. Das mache ich gern.« Es war die Wahrheit und trotzdem nahm sie nicht die Spannung, die sich langsam zwischen den beiden Frauen aufbaute. Doch was war es?

Apollonia räusperte sich nach einiger Zeit. »Ich habe das Gefühl, du zeigst mir so viel von dir und ich dir nichts von mir.« So hatte Philomena es noch nie gesehen, denn ihrer Meinung nach war es nicht wahr. Es war kein Wettbewerb und niemand musste der Anderen eine gewisse Menge an privaten Dingen verraten, um mit der Anderen mitzuhalten. Das war Schwachsinn. Genau so sagte sie es Apollonia auch, die daraufhin nur matt lächelte und an ihrem Sweatshirt herumzupfte. Die Nervosität schlug jetzt auch auf Philomena über, denn sie konnte sie nicht einschätzen. Automatisch, wie es ihr Körper immer tat, presste sie ihre Fingernägel in die Handfläche der anderen Hand und sie zuckte noch nicht einmal, obwohl ihre Fingernägel recht spitz waren. Sie war es schon gewohnt.

Wie war das passiert? All das innerhalb von wenigen Minuten? Sie hatten doch einen so schönen Abend gehabt. Aber in den nächsten Minuten verstand Philomena, warum Apollonia so schnell zwischen Emotionen gewechselt hatte.

»Ich möchte dir endlich die Wahrheit sagen.« Klar hatte sich Philomena schon einige Fragen gestellt, besonders, warum Apollonia mit ihrer Familie nach London gekommen war. Doch was würde sie erwarten? Warum fiel Apollonia es so schwer, ihr zu sagen, was der Grund gewesen war?

Als sie den Gedanken beendet hatte, rügte sie sich selbst, denn sie wusste, dass es Dinge gab, die für manche Menschen viel schwerer waren als für andere.

Sie ließ Apollonia Zeit und wartete, bis diese wieder von sich aus das Wort ergriff. Die ganze Zeit über ließ sie die Finger an ihrem Glas auf- und abwandern, wahrscheinlich, damit Philomena nicht sah, dass sie zitterte.

»Ich bin nicht ... als Einzelkind aufgewachsen, das weißt du ja schon.« Die ersten Worte trugen schon so viel Emotion in sich, dass Philomena sich innerlich auf einen regelrechten Sturm aus Gefühlen gefasst machte. Auch die Wortwahl war eine merkwürdige, wie Philomena fand, doch sie blieb stumm.

»Meine Eltern waren immer liebevoll und meine Schwester, Phoebe, und ich haben uns immer gut verstanden. Wir waren ein Team.«

Ein trauriges Lächeln trat auf Apollonias Gesicht und jetzt, da Philomena genauer hinsah, bemerkte sie, dass der jungen Frau neben ihr Tränen die Wangen hinabliefen. Anders als zuvor sprach sie jetzt schneller, als hätte sie Angst, an jedem Wort zu ersticken.

»Aber meine Schwester war krank. Sie hatte Depressionen.« Das letzte Wort schoss Philomena durch Mark und Bein und fast hätte sie ihr eigenes Glas fallen lassen. *Was?!* Bevor sie auch nur einen Gedanken fassen konnte, redete Apollonia schon weiter. »Es gab Tage, an denen war sie normal – wie ich sie kannte, energetisch, fröhlich, frei. Und dann gab es Tage, an denen sie ihr Bett nicht verließ und mehr vegetierte als lebte.« Ein Schluchzer entfuhr Apollonia und Philomena konnte nicht anders. Sie bewegte sich auf sie zu und legte dann einen Arm um die Schultern der Weinenden. »Und dann, nach gefühlt hundert Therapien, Pillen und was weiß ich, hat sie beschlossen ...« Ein weiterer Schluchzer erschütterte Apollonias Körper und die Cola in ihrem Glas schwappte über. Philomena nahm es ihr aus der Hand und stellte es auf den Nachttisch neben dem Bett, bevor sie die Arme wieder um Apollonia schlang. Sie traute ihren eigenen Gedanken nicht, deshalb konzentrierte sie sich nur auf Apollonia.

»Meine Eltern waren kurz einkaufen gefahren und ich war frisch nach Hause gekommen. Ich weiß noch, dass ich mir einen Kaffee gemacht habe und dann nach oben gegangen bin, um Phoebe zu sagen, dass ich wieder ... da bin.« Ihre Stimme versagte und die Tränen wurden zu einem Sturzbach, der alles flutete, was sich nicht vor ihm retten konnte. Es dauerte fast eine ganze Minute, ehe Apollonia weitersprach.

»Ich habe an ihre Tür geklopft, aber sie hat nicht geantwortet. Dann bin ich ins Bad und habe da geklopft, wieder keine Antwort, aber die Tür war nicht verschlossen und deshalb ... bin ich rein.«

Philomena konnte sich nur zu gut vorstellen, was jetzt kommen würde. Zu oft hatte sie selbst darüber nachgedacht ... Die Welt einfach zu verlassen, besonders wenn die Depression und die damit auftauchende Gleichgültigkeit wieder einmal zu viel wurde.

»Da lag sie dann.« Die vier Worte kamen als ein Krächzen aus Apollonias Mund, als hätte sie ein Reibeisen im Hals und keine Stimmbänder. Philomena wollte sie nicht drängen, weiterzusprechen, deshalb nahm sie sie noch fester in den Arm und die Tränen spickten nun auch ihr Shirt, doch es war egal. Alles andere war in diesem Augenblick egal.

»Ich weiß noch, wie sie neben der Badewanne lag, in zwei Lachen aus Blut. Sie hatte ... sie hatte sich die Pulsadern aufgeschnitten.« Philomena wusste, dass das die letzten Worte waren, die aus Apollonias Mund kommen würden. Die junge Frau konnte nicht mehr ertragen als das, was sie schon preisgegeben hatte.

Eine Weile saßen sie zusammengekauert auf dem Bett und Apollonia ließ die Tränen kommen. Philomena war für sie da und doch hatte die Geschichte ein Teil ihres Herzens gebrochen. Was, wenn Apollonia herausfand, dass Philomena mit denselben Dämonen zu kämpfen hatte? Dass sie nur erträglich war, weil sie täglich einige Tabletten schluckte?

Anders als noch eine Stunde zuvor, zweifelte sie nicht mehr daran, dass sie sich Apollonia voll und ganz hingeben könnte. Vielleicht sogar so weit, sie ihre feste Freundin zu nennen. Doch mit diesem Szenario hatte sie nicht gerechnet. Denn was würde passieren, wenn Apollonia nie wieder mit ihr sprechen wollte, wenn sie herausfand, dass das Elend ihr Leben noch lange nicht verlassen, sondern in Gestalt von Philomena erneut Einlass bekommen hatte?

Die gesamte Zeit über, die sie Apollonia hielt, lief ihr Kopf fast heiß. Was, wenn ...? Die meisten Menschen sagten, dass der Konjunktiv das Dümmste war, mit was man sich beschäftigen konnte, doch Philomena sah das anders. Der Konjunktiv war das Futter für Angst und Depressionen, deshalb war er niemals dumm. Eher ein Monster, das sich für die Außenwelt gut tarnte, nur um sich dann umso größer und erschreckender auf den Menschen zu stürzen. Ein Monster ohne Körper und doch so präsent wie kein anderes.

Kapitel 31

Apollonia

Das Video auf Youtube lief, ohne, dass Apollonia es mitbekam. Ihre Gedanken waren weit weg.

Am gestrigen Abend war sie spät nach Hause gekommen. Nach ihrem Geständnis war an Intimitäten nicht mehr zu denken gewesen. Und doch war es einer der schönsten Abende, die Apollonia jemals hatte erleben dürfen. Noch nie hatte sie jemand so gehalten und getröstet wie Philomena. Sie hatte schon gezweifelt, dass es ein solches Verständnis und eine solche Liebe wirklich gab.

Sie schaltete das Video aus und nur langsam kam sie aus ihrem Bett – nach circa vier Stunden Schlaf – und tapste in Richtung Bad, um sich dort für den Arbeitstag fertig zu machen.

Als ihre Haare nass und ihr Körper sauber war, schnappte sie sich ihre Tasche samt

Laptop und lief in die Küche. Trotz ihres Zusammenbruchs am Abend zuvor, fühlte Apollonia sich erstaunlich leicht. Als hätte sie ein Teil der Last auf ihren Schultern verloren, indem sie Philomena erzählt hatte, was passiert war. Dabei hatte sie noch einige Details ausgelassen, doch für die würde sich auch noch die richtige Zeit finden.

Apollonia bremste und wäre fast gegen den Türrahmen der Küchentür gelaufen.

Sie traute ihren Augen nicht: Ihre Mutter stand an der Anrichte und war gerade dabei, Kaffee zu kochen. *What the ...?*

»Guten Morgen.« Die Worte verließen Apollonias Mund mehr als Frage denn als Aussage und doch war es das erste Mal in langer Zeit, dass sie die Worte an ihre Mutter gerichtet hatte.

»Morgen«, sagte diese und obwohl ihre Stimme klanglos war, hätte Apollonia Luftsprünge machen können, sie wieder zu hören.

Für eine Weile war alles ruhig, dann

schenkte ihre Mutter sich eine Tasse Kaffee ein und fast wollte Apollonia sich bedanken, dass sie ihr einen Becher gefüllt hatte, da führte ihre Mutter ihn an den eigenen Mund. Natürlich, was hatte Apollonia auch erwartet?

Sie lief selbst zur Kaffeemaschine und leerte etwas von der dunkelbraunen Flüssigkeit in eine Tasse.

Ihre Mutter hatte sich an den Küchentisch niedergelassen und starrte in ihre Tasse, als wollte sie den Kaffeesatz lesen, ohne dass sie den Becher überhaupt geleert hatte.

»Wie geht es dir?«, fragte Apollonia nach einiger Zeit und fast erschrak sie, als sie die Reaktion ihrer Mutter sah. Anders als erwartet war sie nicht bewegt von der Frage, sondern schlug mit einer Hand auf den Tisch, sodass ihr beider Kaffee überschwappte.

»Was soll diese scheiß Frage?!« Ihre Stimme war so laut, dass die Nachbarn sie mit Sicherheit auch gehört hatten. Es fühlte sich an, als hätte sich die Aussage in Verbindung mit dem Tonfall in Apollonias Körper gefressen wie ein Wurm, den man nicht so schnell wieder loswurde.

Doch die letzte Nacht hatte Apollonia etwas gelehrt. Es ging nicht darum, mit allem zu leben, was die Welt in ihre Richtung warf.

In einer Bewegung erhob sie sich und so scharf, wie sie nur konnte, zischte sie: »Du bist so eine scheiß Mutter, weißt du das eigentlich? Es tut mir leid, dass ich nicht die Tochter bin, die du lebendig sehen möchtest, aber ich habe es so satt. Versink doch in deinem eigenen Dreck!«

Die Worte waren hart, doch sie mussten gesagt werden. Apollonia drehte sich um, griff nach ihrer Tasche und verließ das Apartment. Sie konnte nicht mehr. Apollonia hatte keine Schuld an Phoebes Tod – zumindest nicht mehr oder weniger als ihre Eltern. Wie konnten sie sie dann nur so hassen, als wäre alles ihre Schuld?

Hätte sie nicht den Abend zuvor schon alle Tränen vergossen, die ihr Körper produzieren konnte, hätte sie jetzt geweint. Doch diesen

Triumph gewährte sie ihrer kaputten Mutter nicht. Stattdessen stieg sie in die Tube und schaute dabei zu, wie die verschiedenen Ortsteile von London an ihr vorbeizogen und sie Piccadilly Circus näher kam.

*

»Hier hinein.«

Die beiden Worte ließen Apollonia vom Schreibtisch aufschauen und sie sah, wie Blake ein Team von drei Mitarbeitern in ihr Büro schleifte.

»Hallo«, grüßte er sie hektisch und deutete dann auf das Sofa, das in einer Ecke des Büros stand, auf das sich die drei niederlassen sollten. »Ashley kommt auch gleich.«
Apollonia hatte nicht vergessen, dass sie ab heute mit den anderen Mitarbeiterinnen und Mitarbeitern das Projekt finalisieren sollten und doch war sie für einen Moment überrascht. Ihr Gehirn war so auf ihre Mutter, Phoebe und Philomena konzentriert gewesen, dass sie es

gar nicht mehr auf dem Schirm gehabt hatte.

Ohne zu klopfen, schlüpfte die ältere Dame, Ashley, in den Raum und fast gleichzeitig kam auch Philomena an. Apollonias Laune hob sich fast automatisch und am liebsten hätte sie Philomena zur Begrüßung geküsst, doch vor den anderen Mitarbeitern von *Snucky* brachte sie es nicht über sich. Stattdessen sagte sie: »Hi.«

Philomena lächelte sie leicht an und trotzdem schien auch an ihr eine Emotion zu hängen, die so gar nicht fröhlich wirkte. Hatte Phoebes Schicksal sie so bewegt? Oder was war es?

»Hallo«, grüßte Philomena zurück und blieb an der Wand stehen. Es sah aus, als wäre es ihr unangenehm, mit all den Menschen in einem Raum zu sein, und doch war es mehr als Panik, was offensichtlich an ihr nagte.

»Also, fangen wir an«, ergriff Blake das Wort, als hätte er die Kampagne entworfen. Schon in Brighton hatte er keine Sympathie ausgestrahlt, doch gerade ging er Apollonia gegen den Strich, denn Philomena hatte alles entworfen. Sie sollte diejenige sein, die das Treffen eröffnete. Apollonia wusste, dass sie es nie von sich aus tun würde, deshalb ergriff sie selbst das Wort.

»Willkommen. Auch an euch drei, wir kennen uns noch nicht.« Nach einer kurzen Vorstellungsrunde wusste sie, dass Robert, Annabell und Steven zu ihnen gestoßen waren. Im nächsten Schritt versuchte sie, sich auf die Arbeit zu konzentrieren und den Neulingen zu erklären, wie die Kampagne aussah und was es zu tun galt.

Fast schon harmonisch, nachdem Blake nicht mehr das Sagen hatte, arbeiteten sie zusammen. Nach nur wenigen Stunden hatten sie einen fertigen Plan erstellt, der jeden Aspekt bedachte und von Experten auf den Gebieten entworfen worden war.

Philomena war erstaunlich ruhig die gesamte Zeit über, doch Apollonia wollte sie nicht vor allen fragen, was sie so plagte. Fast schon schuldig fühlte sich Apollonia, denn was, wenn sie die schlechte Stimmung in Philomena ausgelöst hatte? Sie hatte doch gewusst, dass sie sehr schnell Angst bekam!

Nach einer weiteren Stunde und kurz vor Feierabend, kam Herr Maunt in Apollonias Büro und schaute sich das finalisierte Projekt an. »Ich bin beeindruckt«, meinte er und lächelte in die Runde. »Die Sommerkampagne sehe ich mit dem heutigen Tag als abgeschlossen an. Jetzt geht es nur noch an die Umsetzung, aber das betrifft Ihre Abteilung nicht mehr.« Noch einmal grinste er jeden an, als wäre das die beste Belohnung, die sich ein Mitarbeiter vorstellen konnte, dann drehte er sich zu Apollonia. »Ihre Arbeit war exzellent. Ich werde sehen, dass Sie immer an komplexen Projekten beteiligt werden. Sie haben Potential.« Ein Zwinkern folgte auf seine Worte, dann schnappte er sich alle Ergebnisse und verließ das Büro.

Nach dem Lob ließen sich die anderen keine Zeit, sondern verschwanden eilig aus Apollonias Büro und warfen noch ein kurzes

»Bis dann« in den Raum. Bald waren nur noch Philomena und Apollonia im Raum. Anders als den Abend zuvor in Philomenas eigenen Wänden, war die Stimmung noch immer von Trauer aufgeladen, als hätten sie sich beide in ein Meer aus Verzweiflung gestürzt.

Anders als Apollonia es erwartete, ergriff Philomena schnell das Wort: »Wollen wir morgen nach der Arbeit an die Themse gehen? Es soll schönes Wetter werden.«

Apollonia freute sich, dass Philomena ein Treffen vorgeschlagen hatte, und nickte eifrig. »Ich würde mich freuen.«

»Wie geht es dir?«, fragte Philomena und lief näher auf sie zu. Sie legte eine Hand auf Apollonias Oberarm und schien fast in sie hineinsehen zu wollen.

»Danke, ich fühle mich besser nach letzter Nacht.« Zuerst hatte Apollonia darüber nachgedacht, ihr über das Zusammentreffen mit ihrer Mutter zu erzählen, doch das wäre zu viel. Wenn die Geschichte um Phoebe Philomena schon heruntergezogen hatte, wie sollte es dann mit dieser Geschichte werden? Philomena hatte nicht noch mehr Leid verdient.

Philomena nickte auf ihre Antwort und drückte ihr dann einen sanften Kuss auf die Wange, den Apollonia so gar nicht erwartet hatte.

»Dann sehen wir uns morgen?«, fragte sie und Apollonia nickte – wie Philomena es Sekunden zuvor getan hatte.

»Ich freue mich«, beteuerte Philomena, schenkte ihr ein Lächeln und verließ dann das Büro.

Apollonia atmete zum ersten Mal tief ein, als Philomena ihr Büro verlassen hatte. Mit ihr fühlte es sich stets so an, als wäre ihr Körper unter Strom und tat alles dafür, die junge Frau zu beeindrucken. Apollonia war auch froh, dass sie nicht sofort wieder miteinander schliefen, sondern sich Zeit ließen. Es gab keinen Druck und zu warten konnte manchmal auch etwas Schönes sein, denn es hing nicht wie ein Damoklesschwert über ihnen, sondern wie die Süße eines Geburtstags, der nur noch Stunden entfernt war.

Apollonia lief hinter ihren Schreibtisch und setzte sich. Normalerweise würde sie ihre Sachen jetzt packen und die lange Tube-Fahrt zur Wohnung ihrer Eltern antreten, doch das wollte sie heute nicht. Sie würde so viel Zeit in der Firma verbringen wie nur möglich, dann würde sie niemanden mehr im Apartment antreffen. Sie konnte es einfach nicht ertragen, ihre Mutter noch einmal sehen zu müssen und dabei zu wissen, dass es ihr lieber wäre, wenn Apollonia sich das Leben genommen hätte und Phoebe noch hier wäre. Ihre Augen versuchten Apollonias Gehirn abzulenken und mit dem nächsten Projekt gelang es ihnen ganz gut.

Bis fast acht Uhr am Abend arbeitete sie daran und schaltete dann das Licht aus, als sie in der Dunkelheit ihr Büro verließ.

Selbst der Aufzug schien im Feierabend-Modus zu sein, denn er schien langsamer als sonst und entließ Apollonia erst nach vielen quälenden Sekunden.

Dann trat sie auf die Straßen Londons, die noch immer voll waren und doch glitzerten die Straßenlaternen wie eigene Sonnen, die die Nacht zu erhellen hatten.

Kapitel 32

Philomena

15:46 Uhr.

Noch knapp eine Viertelstunde und Philomena würde ins Wochenende starten. Den ganzen Tag über hatte sie auf den Screen ihres Laptops gestarrt, nur bewegt hatte sie ihre Maus nicht einmal.

Dieser Nachmittag würde alles entscheiden und noch immer konnte sie das Bild der unbekannten Frau mit den aufgeschlitzten Pulsadern nicht aus ihrem Kopf verbannen. Die letzten Tage hatte sie die zusätzlichen Beruhigungsmittel genommen und so auch heute. Anders hätte sie die Zeit nicht überbrücken können, auch wenn sie wusste, dass ihr Arzt jetzt seinen Kopf schütteln würde. Philomena spürte die Schwere ihrer eigenen Krankheit und die Auswirkungen der Angst- und Panikstörung in letzter Zeit etwas weniger, da sie auf doppelt so viel Medikation war als sonst. Ja, die Tabletten würden auf

Dauer ihre Lebenszeit erheblich verkürzen, doch sie hoffte, dass sie nach heute auf die zusätzliche Medikation verzichten könnte. Zuerst musste sie die richtigen Worte finden und hoffentlich am Ende des Tages immer noch sagen können, dass sie Apollonia an ihrer Seite wusste. Dass sie eine gemeinsame Zukunft hatten.

Fast als würde ihre Maus erschrecken, sprang sie auf dem Bildschirm auf und folgte gehorsam, während Philomena sie auf den Button in der unteren Ecke führte und dann auf *Ausschalten* klickte.

Ein tiefer Atemzug kam in ihre Lungen und sie redete sich ein, dass sie jetzt leichter atmen konnte. Dann schaute sie an sich herab und kontrollierte, ob ihre Jeans und das lose, weiße T-Shirt noch am richtigen Ort waren. Dann packte sie alles ein und lief zum Aufzug und dann zu Apollonias Büro, wo sie sie abholen wollte.

Jetzt gibt es kein Zurück mehr, dachte sie und klopfte an die Glastür, die sie von der Frau trennte, für die sie mehr empfand, als sie jemals für möglich gehalten hätte.

*

»Wollen wir hierher?«, fragte Apollonia und hielt ihr Softeis in einer Hand, um auf eine Bank an der Themse zu deuten. Sie waren bei der Station *Westminster* aus der Tube gestiegen und waren in Richtung *Embankment* gelaufen, wo einige Bänke auf Erhöhungen standen, die einen tollen Blick auf die Themse, die *Westminster Bridge* und das *London Eye* gewährten.

Philomena nickte und zusammen setzten sie sich auf die Bank, die am weitesten links stand. Für ein paar Momente schauten sie hinaus auf den Fluss. London hatte so viele wunderschöne Ecken, die für die Touristen fast unbedeutend waren. Vielleicht war es die Tatsache, dass Philomena in der Stadt aufgewachsen war, denn sie sah etwas Schönes in fast jedem Fleckchen Londons.

»Isst du dein Eis nicht?«, fragte Apollonia und erst dann bemerkte Philomena, dass ihr Tropfen des Eises auf die Hose gekleckert waren. »Oh, Mist.« Sie war viel zu abgelenkt gewesen, um zu bemerken, dass sie noch immer eine Tüte Eis in der Hand hielt. Sie kannte dieses Phänomen, denn wenn eine schwere Unterhaltung vor ihr stand, fokussierte sich ihr Kopf auf alles, aber nicht auf das dringlichste Problem.

»Ist alles in Ordnung?«, fragte Apollonia und anders als bei Philomena zuhause, als sie zusammengebrochen war, schien sie fast schon sicher, wie sie so dasaß und Philomena anschaute. Jetzt war der Moment gekommen. Sie sollte es ihr sagen, sollte Apollonia gestehen, wer sie wirklich war und worauf sie sich einließ. Doch die Angst vor ihrer Reaktion war zu viel, zu prominent, zu stark.

»Ja«, sagte sie deshalb kleinlaut und auf ihre Antwort folgte Stille, die ihre Lüge entlarvte.

»Kann ich etwas tun?«, fragte Apollonia und

am liebsten hätte Philomena die Arme um sie geschlungen, weil sie genau die richtige Frage stellte. Sie hackte nicht auf ihr herum oder zwang sie, alles zu beichten. Sie war einfach für sie da.

Vielleicht war das der Grund, warum plötzlich etwas Stärke in ihren Körper kroch und ihr zuflüsterte: »Rede mit ihr.«

Es war soweit; sie wusste es. Ein letzter Atemzug bereitete sie vor auf das, was kam. Ihr Eis legte sie ungeachtet neben sich auf die Bank und es saute fast die gesamte Sitzfläche neben ihr ein, doch darauf konnte Philomena gerade nicht achten.

»Du warst so ehrlich mit mir. Jetzt will ich es auch mit dir sein.«

Apollonias Augen wurden groß und die Angst stand ihr ins Gesicht geschrieben. Was sie wohl befürchtete? Dass Philomena sie nicht mehr bei sich haben wollte? Diese Sorge wollte sie ihr schnell nehmen, deshalb sprach Philomena eilig weiter.

»Ich bin nicht die, die du denkst, zu

kennen.«
Philomena presste ihre Nägel wieder in die Handinnenfläche der anderen Hand und schaute dann erst wieder zu Apollonia.

»Ich bin bei meinen Eltern ausgezogen, weil sie mich nicht mehr ertrugen und weil ich nicht ertragen konnte, dass sie sich so fühlten.«

Jetzt wollte Philomena keine Pause mehr machen, wollte alles aussprechen und so sog sie die Luft ein und sprach dann weiter:

»Ich habe eine Krankheit. Ich nehme jeden Tag viele Medikamente und wenn du denkst, es geht mir ganz gut, dann, weil ich Notfallmedikation in mich pumpe, um genau so zu wirken. Ich bin depressiv, habe eine Angst- und Panikstörung und es tut mir leid. Es tut mir so leid.«

Die Tüte Eis, die Apollonia noch in ihrer Hand gehalten hatte, landete auf dem Boden und über ihr Gesicht flickerten die unterschiedlichsten Emotionen: Schock, Angst, Mitgefühl, Wut, Trauer.

»Was ...?«, fragte Apollonia, doch sie

brachte nicht mehr heraus. Philomena wollte mehr sagen, aber sie wollte Apollonia einen Moment der Stille gewähren, bevor sie ins Detail ging.

Apollonia hatte ihre Gesichtszüge noch immer nicht im Griff, doch Philomena musste weitersprechen: »Deshalb bin ich auch immer so nervös. Ich weiß, wie es deiner Schwester ging, weil wir uns eine Krankheit teilen. Oft kann ich nichts tun, mich nur mit Medikamenten durchschlagen. Und ... ich glaube, du kennst das.«

Apollonia sprang von der Bank auf. »Warum hast du mir das nicht schon längst gesagt? Spätestens, als ich dir von Phoebe erzählt habe?« Ihre Stimme war brüchig und doch laut. Fast als wollte sie ein Donnerwetter abwenden und Philomena dennoch wissen lassen, dass in ihr ein Sturm tobte.

»Ich wollte es dir sagen, besonders nach deinem Geständnis, aber ich wusste einfach nicht, wie.«

»Glaubst du nicht, ich habe das Recht zu

erfahren, wie krank ein Mensch ist, bevor ich mein Herz verliere?«

Ihr Herz? Sie hatte ihr Herz an Philomena verloren?

Auch Philomena stand von der Bank auf und lief auf Apollonia zu, die sich keinen Schritt mehr bewegte.

»Es tut mir leid. Ich wollte dir nie das Gefühl geben, du müsstest dich um mich kümmern.«

Philomena wusste, dass Apollonia all das nicht aus Selbstsucht sagte und dachte, sondern weil sie den Gedanken nicht ertragen konnte, all die Pein noch einmal zu durchleben. Der Depression wieder so nahezukommen, dass sie sie schon fast riechen konnte.

»Und was heißt, du bist auf Notfallmedikamenten?«, forderte Apollonia und verschränkte die Arme.

»Ich habe immer ein paar sehr starke Mittel bei mir, die ich im Notfall nehmen kann. Seit wir uns näher kennen, nehme ich sie täglich.«

Gerade, als die Worte ihren Mund verlassen

hatten, wusste sie, dass es das Falsche gewesen war. Sie hätte etwas anderes sagen sollen. Tränen traten in Apollonias Augen und sie lief einige Schritte zurück, um mehr Platz zwischen sich und Philomena zu bringen, die mittlerweile stehen geblieben war.

»Hattest du deshalb Spaß beim Sex? Weil du auf Medikamenten warst?«

Die Worte taten Apollonia fast physisch weh, denn sie zitterte, während sie sie aussprach und doch war Philomena geschockt. Wie konnte sie nur so etwas denken?

»Natürlich nicht!« Sie hoffte, dass Apollonia ihr glaubte. Sie konnte doch nicht wirklich denken, dass sie sie nur attraktiv fand, weil sie viele der ovalen Pillen schluckte!

»Apollonia, bitte hör mir zu«, bat Philomena und jetzt traten auch ihr Tränen in die Augen. »Ich empfinde so viel für dich und das nicht, weil ich auf Mittel angewiesen bin.«

Sie meinte jedes Wort, wollte jedes einzelne unterschreiben und in Apollonias Kopf brennen, doch es half nichts. Apollonia hatte zu viel durchgemacht als ihr das einfach so zu glauben.

»Das hat meine Schwester auch immer getan. Sie hat mir alles versprochen, wenn es ihr besser ging, doch es war alles eine Lüge! Sie meinte nichts davon und jetzt stehe ich hier, habe mich gerade wieder etwas berappelt und erfahre jetzt, dass ich wieder allein bin, wenn du mich verlässt, um dich in der Dunkelheit zu verlieren? Ich kann das nicht noch einmal durchmachen. Dann bin ich diejenige, die sich die Pulsadern aufschlitzt.«

Philomena konnte kaum glauben, was sie da hörte und doch gab es keinen Zweifel an dem, was Apollonia gesagt hatte. Ja, der Schmerz sprach aus ihr und irgendwann hatte sie gelernt, dass sie auch auf sich achten musste. Das war auch richtig, doch sie musste verstehen, dass nicht alle Erkrankten gleich waren!

Apollonia stolperte zur Bank und griff nach ihrer Tasche.

»Bitte, bleib hier«, flüsterte Philomena und

wusste, dass Apollonia sie gehört hatte, obwohl diese keine Reaktion zeigte.

»Bitte«, wisperte sie noch einmal und wollte die Hand nach Apollonia ausstrecken, doch sie zuckte weg.

»Ich muss ... erst nachdenken«, presste sie heraus und es war wie ein Schlag ins Gesicht für Philomena. Sie hatte noch so viel zu sagen, wollte ihr für ihr Feingefühl von den Tagen zuvor danken, doch plötzlich war alles weg. Jedes beruhigende Wort, jede Geste.

Apollonia schaute ein letztes Mal in Philomenas Gesicht, ehe sie in Richtung der nächsten Tube-Station rannte.

Ich habe alles falsch gemacht, dachte Philomena verzweifelt und sie sank zurück auf die Bank. Ihr Kopf fiel fast in ihre Handflächen und die Tränen schossen ihr aus den Augen wie Munition, die man in einer Waffe verschoss.

Alles, was sich Philomena gewünscht hatte, war in die Luft geflogen. Sie wusste, dass Apollonia Verständnis für ihre Krankheit hatte, denn sie wusste, dass sie keine Schuld dafür trug. Was das Problem war, wusste Philomena. Apollonia hatte zu viel erlebt. Sie hatte mit einer Schwester zusammengelebt, auf die sie sich verlassen hatte, mit der sie immer zusammen gewesen war. Und plötzlich hatte sie sie dort auf dem Boden gefunden, in Lachen von Blut, als hätte sie einen Fehler gemacht. Als wäre es Apollonias eigene Schuld, dass ihre Schwester nicht mehr bei ihnen war.

Die Sonne stand tief am Himmel, doch Philomena war so in ihren eigenen Gedanken versunken, dass sie es nicht einmal bemerkte. Menschen liefen um sie herum, an ihr vorbei und schossen Selfies vor der schönen Kulisse. Aber Philomena konnte sich nur noch auf eines konzentrieren: Sie hatte alles kaputt gemacht.

Erst, als die Dunkelheit langsam an die Macht kam und gegen die Helligkeit im Ringkampf gewann, griff Philomena mit steifen Fingern nach ihrer Tasche und streifte den

Riemen über ihre Schulter. Ihre Augen waren knallrot und sie sah so verheult aus, dass sogar Touristen sie anstarrten, was sonst nur passierte, wenn man vier Köpfe und drei Arme besaß.

Die kurze Zeit in der Tube nutzte sie, um sich wieder beizubringen, wie es sich anfühlte, zu atmen, und ihr Gehirn lief auf Hochtouren. Wie konnte sie all das wiedergutmachen? Wie konnte sie Apollonia all das erklären?

Am liebsten hätte sie ihr Handy genommen und sie angerufen, doch es war zu früh. Apollonia brauchte Zeit und die wollte Philomena ihr auch geben. Dennoch brach es ihr das Herz. Diese wunderbare, lustige und schöne junge Frau hatte das alles nicht verdient. Keine Frau, die eine Baustelle war und von der man nie wusste, ob die Bauarbeiter sie jemals fertigstellen würden.

Ein erneutes Meer an Tränen sammelte sich auf Philomenas Wangen und sie stolperte auf die Plattform an der Station *Whitechapel* und versuchte, die letzten Meter bis zu ihrer

Wohnung zurückzulegen.

Als wollte der Himmel ihr zur Seite stehen, weinte auch dieser und auf dem Weg zu ihrem Apartment verlor sich Philomena immer mehr in dem See, der entweder aus Regen oder Tränen bestand. Doch es war ihr egal. Egal, dass sie fast schwimmen musste. Denn sie wusste, dass sie untergehen würde – so oder so. Sie hatte Apollonia verloren.

Kapitel 33

Apollonia

Ich kann nicht. Ich kann es nicht.

Apollonia wachte am Samstagmorgen in der Wohnung ihrer Eltern auf und konnte sich kaum bewegen. Schlaf hatte sie höchstens zwei Stunden bekommen, denn ihr Kopf drehte sich und Tränen schossen ihr immer dann in die Augen, wenn sie sich einreden wollte, dass alles nicht so schlimm war.

Philomena war genauso krank wie Phoebe. Und sie hatte es ihr verschwiegen. Wie hatte sie nur können?

Ein kleiner Teil ihres Gehirns erinnerte sie daran, dass sie erst vor wenigen Tagen überhaupt von ihrer Schwester erzählt hatte; vorher hatte Philomena es gar nicht wissen können. Doch das war nur ein schwacher Trost.

Sie hatte immer gedacht, dass Liebe stärker war als jede Angst, doch jetzt war sie sich nicht mehr sicher. War es überhaupt Liebe, was sie beide hatten? Waren sie *verliebt*?

Apollonia fuhr mit einer Hand durch ihre verstrubbelten Haare und hätte am liebsten auf etwas eingeschlagen. Ja, verdammt. Sie hatte sich in Philomena verliebt, das war gar keine Frage. Aber würde sie das alles noch einmal durchmachen können? Immer daran zu denken, dass sie Philomena einmal genauso verlieren könnte wie ihre Schwester?

Sie wusste, dass dieses Denken fies und in großen Teilen auch falsch war, denn nicht jeder mit derselben Krankheit brachte sich um. Philomena hatte ihr gesagt, dass sie Medikamente nahm, aber das hatte Phoebe auch.

Langsam aber dennoch sicher bewegte Apollonia die Beine und schaffte es, sie über die Bettkante zu manövrieren.

So dumm es klang, aber sie hatte auf Philomena gezählt. Darauf gezählt, dass sie einen Ausweg darstellte, der ihr die Möglichkeit gab, ihrer Familie und der Familiengeschichte zu entkommen. Doch sie hatte sich geirrt und sie fühlte sich gerade dümmer denn je. Sie hatte all die kleinen Dinge gesehen: die Nervosität, die Schwankungen, das Pressen der Nägel in die Handfläche und und und. Aber sie hatte es nicht sehen wollen. Wie ein Kind, das eine Hand vor die Augen hielt und dann davon ausging, dass die Außenwelt verschwunden war.

Mit einer Hand wischte sie sich über die klebrige Wange, die noch immer bedeckt war mit salzigen Tropfen. Apollonia wusste nicht, was sie tun sollte. Noch nie hatte sie sich so lebendig gefühlt wie mit Philomena – gerade nach Phoebes Tod – aber ihre Furcht war so stark, dass sie täglich Angst hatte, sie könnte alles verschlingen.

Dann kam ihr ein Gedanke, den sie nicht wegschieben konnte. Vielleicht würde ihr das guttun und sie könnte wieder klarer denken. Sie würde einige Zeit unterwegs sein, aber das würde es wert sein.

Als hätte sie einen Energydrink in einem

Zug geleert, kam Energie zurück in ihren Körper und sie stand auf, sammelte sich Kleidung zusammen und eilte ins Bad.

Nachdem sie ihre Haare entknotet und sichergestellt hatte, dass sie nicht mehr aussah wie ein laufendes Häufchen Elend, schnappte sie sich ein Buch vom Nachttisch, ihre Handtasche und einen Mantel. Sie verließ die Wohnung, ohne überhaupt nachzusehen, ob ihre Eltern da waren. Das Erlebnis mit ihrer Mutter steckte noch so in ihren Knochen, dass sie fast sicher war, dass sie es die nächsten Jahre nicht würde hinter sich lassen können.

Anders als an den Tagen, an denen sie morgens ins Büro ging, nahm sie einen Zug, der von Baker Street aus zu King´s Cross fuhr, wo sie auch schon nach Brighton gestartet waren. Im Gegensatz zu diesem Tag zahlte sie fast das Doppelte für ein einfaches Ticket, doch sie hatte Glück: Der Zug war pünktlich und nur ein paar Minuten später saß sie in einer Bahn, die sie dorthin zurückbringen würde, wo alles begonnen hatte.

*

Apollonia hatte einen Sitz in Fahrtrichtung ergattern können und schlug das Buch auf, das sie von ihrem Schreibtisch genommen hatte, bevor sie losgegangen war. Die meiste Zeit konnten Bücher sie in andere Welten entführen und wenn sie dann wieder in der Realität ankam, schien ihr diese nicht mehr so düster. Sie hoffte, dass es auch diesmal klappen würde.

Sie senkte den Blick auf die Zeilen, in denen der Protagonist gerade einen Monolog hielt, der im Stillen an seine große Liebe gerichtet war:

Glaubst du, dass jemand, der liebt, je glücklich sein kann?

Was will man, wenn man wirklich liebt?

Du hast das Beste verdient und wer wäre ich zu sagen, ich sei das Beste? Wer wäre ich, zu sagen, du solltest das Beste nicht suchen –

wegen mir?

Du hast jemanden verdient, der dich zum Lachen bringt, mit dir träumt und das Beste ist, was ein Mensch sein kann.

Wer wäre ich, das von mir selbst zu behaupten?

Wie soll ich also je glücklich werden? Die Menschen sagen, ich lebe ohne Liebe, aber das ist nicht wahr.

Ich mag nie wirklich glücklich werden, und doch bin ich es, indem ich weiß; ich weiß, dass du jemanden findest, der so viel besser ist als ich. Wie könnte ich also meine Liebe mehr beweisen, als darin, dich gehen zu lassen? Du magst meine Liebe nicht spüren wie eine Berührung, doch sie ist immer da. In jedem einsamen Tag von mir, in jedem glücklichen von dir – weit weg von mir.

Meine Welt ist nicht ohne Liebe, sie ist so voll davon, von der pursten Art der Liebe.

Einer Liebe, die den Egoismus verschlingt, um sich die Welt mit niemandem teilen zu müssen und zu funkeln – wie ein Federkleid in den schillerndsten Farben.

Unbewusst sog Apollonia scharf die Luft ein. War Liebe wirklich das, was dieser fiktionale Mensch dachte? Dass man besser losließ, weil man nie wissen konnte, ob der oder die Geliebte mit jemand anderem glücklicher werden könnte? Für einige Minuten dachte Apollonia an diese Frage und schon in dieser kurzen Zeit fiel ihr so viel ein, was gegen diese Aussage sprach, aber auch genug, um sie zu unterstützen.

Als der Zug nach einiger Zeit endlich in den Bahnhof rollte, den Apollonia als Ziel hatte und besser kannte als ihre Westentasche, steckte sie das Buch weg und versuchte, sich für die nächsten Stunden nicht mehr verrückt zu machen. Vielleicht brachte der Besuch bei Phoebe auch all das, was Apollonia nicht selbst erdenken konnte.

Ihre Turnschuhe quietschten leicht auf dem nassen Bahnsteig, der – trotz der hohen Regenwahrscheinlichkeit an eigentlich jedem

Tag im Jahr in England – nicht überdacht war. Apollonia schaute sich um, als hätte sie schon fast vergessen, wie es hier aussah, und lief in Richtung der Drehkreuze, dann hinaus auf die Straßen der Stadt, in der sie mit Phoebe aufgewachsen war.

Die reduzierte Menge an Autos, wenn man es mit London verglich, und die Ausstrahlung, die diese Stadt schon immer gehabt hatte, ließ Apollonia kurz innehalten, um zu realisieren, dass sie wirklich hier war. Zum ersten Mal seit sie mit ihren Eltern nach Phoebes Beerdigung nach London gezogen war.

Den Mantel eng um sich geschlossen, lief sie durch die Straßen und steuerte einen Ort an, den sie mehr besucht hatte als all die anderen Restaurants und Cafés in der gesamten Stadt zusammen.

Das Schild über der Tür war noch immer dasselbe und auch sonst hatte sich an *Ice Cream Queens* nichts verändert. Gerade als sie eintreten wollte, kamen ihr zwei Frauen entgegen, die Händchen hielten und so verliebt aussahen, dass es Apollonia fast den Atem raubte. Sie kannte die beiden nicht und doch hörte sie einen Teil der Konversation mit, in der die eine Frau die andere mit dem Namen Alice ansprach.

Apollonia schaute den beiden Frauen hinterher und lächelte in sich hinein. *Das könnten Philomena und ich sein*, dachte sie und doch war sie sich noch lange nicht sicher, ob sie es sich zutraute, eine Beziehung mit ihr zu führen. Was war die Alternative? Dass sie ihr sagen müsste, dass sie sie nie wieder sehen wollte, nun, da auch das gemeinsame Projekt bei *Snucky* beendet war?

Jemand räusperte sich und erst dann bemerkte Apollonia, dass sie noch immer den Eingang der Eisdiele versperrte, und eilig lief sie hinein.

Sie bestellte das, was sie schon früher immer gegessen hatte, und ein Lächeln trat auf ihre Lippen, als die Verkäuferin ihr eine große Waffel mit fünf Kugeln, Sahne und Schokosoße entgegenhielt. Fast hätte sie aus dem Affekt noch eine zweite bestellt, bemerkte es aber im letzten Moment. Sie würde ihr Leben lang nur noch eine dieser Tüten bestellen.

Plötzlich schien das große Café viel zu eng und Apollonia war froh, dass sie nach nur wenigen Sekunden wieder die Luft der Stadt einatmen konnte.

Sie kannte auch den Weg zu ihrem nächsten Ziel im Schlaf und doch weigerten sich ihre Beine, sich zu bewegen. Fürs Erste blieb Apollonia vor der Eisdiele stehen und schleckte das Eis, als wäre es ihr letzter Halt, bevor sie in tiefes Wasser tauchen musste, von dem sie nicht wusste, ob es sie je wieder ausspucken würde.

Der Regen hörte langsam auf und wurde zu einem leichten Nieseln, das kaum mehr auf der Haut zu spüren war. Apollonia nahm das als Omen und egal, ob ihre Beine wollten oder nicht, sie zwang sie zu jedem einzelnen Schritt.

Der Friedhof der Stadt lag nicht wie die

meisten außerhalb, sondern fast zentraler als der größte Starbucks. Um ihn herum war ein kleiner Park angelegt worden und wenn nicht jeder hier aus einem traurigen Grund auf diesen Boden treten würde, wäre es ein schöner Ort.

Apollonia lief durch den angelegten Garten, vorbei an kleinen Alleen und blühenden Bäumen, durch das Tor auf das Gelände des Friedhofs.

Fast hätte sich Apollonia gegen die Stirn geschlagen. Sie hätte wenigstens einen Blumenstrauß mitbringen können, aber daran hatte sie nicht gedacht. Sofort fühlte sie sich schuldig, wollte aber nicht noch einmal den Friedhof verlassen, denn sie wusste nicht, ob sie die Kraft aufbringen konnte, um noch einmal herzukommen.

Also lief sie über den Gehweg, der mit Erde gespickt war und sie fast zu Fall gebracht hätte.

Noch ein paar Schritte und sie würde den Grabstein sehen können. Noch zehn. Acht.

Fünf. Da war er.

Zu ihrem Erstaunen stand er noch genauso da wie an Phoebes Beerdigung. Damals waren die Menschen erstaunt gewesen, dass so schnell schon ein Grabstein auf dem Grab gewesen war, aber ihre Eltern hatten es sich in den Kopf gesetzt, diesen auf jeden Fall bei der Beerdigung auf dem Grab stehen zu haben. Denn den Tag darauf flohen sie mit ihrer verbliebenen Tochter vor der Vergangenheit.

Das Zeichen, das zuvor so eine schöne Metapher gewesen war, verzog sich und machte weiteren Regenwolken Platz, die sofort ihren Dienst taten.

Die dicken Tropfen klatschten auf Apollonias Jacke und sie kuschelte sich etwas enger in den warmen Stoff, denn mit dem Regen kam auch Kälte. Doch die Kälte, die in ihr herrschte, war nicht zu vertreiben.

Nur noch ein paar Schritte nach links und sie würde da sein. Zu den Regentropfen gesellten sich schon jetzt Tränen und

Apollonia musste all ihre Kraft aufbringen, um nicht zu schluchzen.

Jetzt war sie da. Sie stand hier – an dem Grab ihrer geliebten Schwester.

Ihre Eltern hatten einen Gärtner zur Grabpflege engagiert und er war wohl der Grund, warum ein wunderschönes Gesteck aus Veilchen dalag. Sonst war nichts auf dem Grab außer einer roten Rose, die Apollonia bei der Beerdigung auf das Grab gelegt hatte. Es war eine Rose aus Stein, die rot angemalt worden war, denn sie hatte etwas für die Ewigkeit hinterlassen wollen.

Hinter den Blumen ragte der große Grabstein hinauf, der nur einen Namen trug: *Phoebe Green*. Nur ihre Lebensdaten waren sonst noch notiert, keine weitere Aufschrift, nichts.

Crap. Daran hätten sie denken können. Es gab so tolle Sprüche, doch daran hatten sie nicht gedacht. Sie waren unfähig gewesen, auch nur gerade zu denken.

Apollonia kniete sich trotz der Nässe in das

Gras vor Phoebes Grab und legte eine Hand auf die Inschrift ihres Namens.

Die Tränen, die ihr jetzt die Wangen hinabstürzten, verdrängten sogar die großen Regentropfen und es war Apollonia egal: Sie schluchzte, dass es sich fast anfühlte, als würde sie schreien. Als würde sie sich die Seele aus dem Leib schreien, falls sie nach allem überhaupt noch eine hatte. Vielleicht hatte Phoebe diese auch mit sich in die Welt genommen, in der sie jetzt war. Alles, was Apollonia hoffen konnte, war, dass es eine helle Welt war. Eine Welt mit ganz viel Eiscreme, Liebe und Zuversicht. Das hatte ihre kleine Schwester verdient.

»Es tut mir leid«, wisperte sie, doch etwas an dieser Aussage stimmte nicht. Sie wollte, dass Phoebe sich entschuldigte. Apollonia wollte, dass sie ihr sagte, warum sie auf diese grausame Art gegangen war. Warum hatte sie nicht mit ihr gesprochen? Und warum hatte sie in Kauf genommen, dass sie ihre liebsten Menschen mit sich in den Tod reißen würde, auch wenn es der lebende Tod auf diesem Erdball war?

Ärger mischte sich zu der Trauer und Apollonia ballte die freie Hand zur Faust und schlug auf die nasse Erde ein.

Das war alles nicht fair. Alles.

Genau in diesem Moment wusste sie, dass sie es nicht noch einmal schaffen würde. Sie würde eine Tragödie wie diese nicht ein zweites Mal überleben. Sonst wäre sie diejenige, die sich unter der Erde befand. Aber vielleicht sollte es auch so sein. Jede Hoffnung, jede Positivität wurde aus Apollonia gewaschen, als würde der Regen die Emotionen mit sich tragen, um sie dann im Boden versickern zu lassen.

Die meisten Menschen kamen gefestigter vom Friedhof, weil sie ihre Lieben besuchten und sich fühlten, als wären sie ihnen so näher.

Ganz anders war es für Apollonia. Sie brach unter der Last des Hasses, des Frusts und des Schmerzes zusammen. Hätte es nicht schon geregnet, würde der Himmel spätestens jetzt damit beginnen. Denn dieser Tag war kein Tag für Sonnenschein, sondern ein Tag für die größte Menge an Regen, die die Wolken ausschütten konnten.

Apollonia sank irgendwann neben dem Grab zusammen und hoffte, dass Phoebe sie sah. Dass sie sah, was sie angerichtet hatte, auch wenn Apollonia tief in sich wusste, dass sie keine Schuld hatte.

Hier ging es nicht um Schuld. Es ging um das, was Phoebe hinterlassen hatte. Und das war Schmerz.

Kapitel 34

Apollonia

Der nächtliche Zug würde Apollonia in den frühen Morgenstunden wieder nach London bringen. Ihre Kleidung war komplett verdreckt und einige Menschen im Zug schauten sie so angeekelt an, dass man meinen könnte, sie hätte sich in Gülle gewälzt und war jetzt stinkend in die Bahn gestiegen. Doch Apollonia bekam von den Blicken und Tuscheleien nichts mit.

Sie hatte gehofft bestärkter, klüger oder sogar positiver eingestellt zu sein, jetzt, da sie Phoebe besucht hatte, doch das war nicht der Fall. Mehr denn je fühlte sie sich allein und war sogar so weit, in ihrem Handy auf das Kontaktprofil ihrer Mutter zu klicken und sie anzurufen. Doch im letzten Moment stoppte sie sich selbst.

Als die Uhr an ihrem Handgelenk 23:45 Uhr anzeigte, lehnte Apollonia ihren erschöpften Kopf gegen die Lehne und wünschte sich, einfach in tiefem Schlaf zu versinken. Aber das war unwahrscheinlich, denn sie verbrachte jede Nacht in ihren Albträumen. Nur zwei Nächte hatte sie schlafen können. Die Nächte, die sie an Philomenas Seite verbracht hatte. Konnte es sein, dass Philomena doch ...?

Sofort begannen die Fragen »Was wenn ...?« und »Denk mal darüber nach, dass ...?« in ihrem Kopf zu rotieren und sie war kurz davor einen Schrei der Verzweiflung loszulassen, da gab ihr Handy einen leisen Piepton von sich, den die Lautstärke ihrer Gedanken fast überdeckt hatte.

Apollonia nahm das Mobiltelefon, entsperrte es und las:

Liebe Apollonia,

es tut mir alles so leid. Bitte tu mir einen Gefallen und triff dich morgen mit mir. Wenn du dich dann dafür entscheidest, dass ich aus deinem Leben verschwinden soll, dann akzeptiere ich das. Aber bitte gib mir noch die eine Chance.

Philomena

Die Luft staute sich in Apollonias Lunge, denn sie atmete nicht. Sie las die Nachricht einige Male und fast hätten sich wieder salzige Tropfen in ihren Augen gebildet. Philomena wollte noch eine Chance, dabei hatte sie noch nicht mal etwas falschgemacht. Aber vielleicht hatte die Autorin des Buchs, das sie noch immer in ihrer Tasche mit sich trug, recht und es gab Menschen, die einfach nicht füreinander geschaffen waren? Nach allem, was sie durchgemacht hatte ...

Dennoch agierten Apollonias Finger fast von selbst und tippten ein einziges Wort:

OK.

Nur einige Sekunden später piepte ihr Handy erneut:

Danke. Komm auf zehn zu Hyde Park

Corner.

Apollonia starrte auf ihr Handy. Hyde Park Corner? Sie wusste nicht, was Philomena vorhatte. Aber sie musste sie noch einmal sehen, selbst wenn sie ihr nur sagte, dass sie keine Beziehung mit ihr wollte. Diese eine Chance musste sie ihr geben.

Ein letzter Blick auf den Bildschirm vor ihr verriet ihr, dass sie gegen 03:35 Uhr in London ankommen würde. Dann hatte sie noch genug Zeit, um am späten Vormittag in der Stadtmitte zu sein, auch wenn sie zuvor noch nach Hause fuhr, um sich umzuziehen.

Aufgeregter und doch lebendiger als noch Minuten zuvor schloss sie die Augen und endlich nahm ein leichter Schlaf sie mit in eine andere Welt.

Kapitel 35

Philomena

Nur noch eine Stunde und sie würde auf Apollonia treffen. Es fühlte sich an, als wären Jahre vergangen, seit sie sie zum letzten Mal gesehen hatte, dabei war es erst vor zwei Tagen gewesen.

Ein letztes Mal checkte sie, ob sich alles Wichtige in der Tasche befand, dann verließ sie ihre Wohnung in Whitechapel.

Das Wetter war in ihrem Sinne, denn es regnete nicht und es sah auch nicht danach aus, dass es in nächster Zeit damit beginnen würde.

Die Tube war bis auf einige Touristen leer und schneller als gedacht war Philomena schon an ihrem Ziel angekommen. Zum ersten Mal seit einiger Zeit fühlte sich Philomena wieder wie eine richtige Künstlerin, denn sie wusste, dass sie Apollonia nicht davon überzeugen konnte, wenn sie nur mit ihr sprach. Sie musste ihr beweisen, dass sich das Schicksal ihrer Schwester nicht wiederholen würde. Und dazu musste sie die Sprache ihres Herzens verwenden: Kunst. Sie wollte für Apollonia da sein, sie halten, wenn sie weinte, und ihr ein Zuhause sein, das sie – ihren Erzählungen nach – bei ihren Eltern nicht hatte.

Ohne auf die Passanten zu achten, nahm Philomena nach und nach die dicken Seiten aus ihrer Tasche und platzierte sie so, dass jeder, der aus dem Ein- und Ausgang der Tube herauskam, sie sehen würde. Alles, was sie jetzt noch würde tun müssen, war zu warten.

Die letzten beiden Tage waren auch für Philomena ein Auf und Ab gewesen, doch sie hatte sich entschieden: Apollonia bedeutete ihr zu viel, um sie einfach gehen zu lassen. Sie würde kämpfen.

Denn sie war noch lange nicht am Ziel, egal wie schwer manche Tage waren.

Gerade gestern war Philomena kaum aus dem Bett gekommen und sie würde mit Sicherheit nicht so tun, als wäre sie nicht krank, denn zu lügen wäre tödlich. Aber sie wollte Apollonia eine andere Wahrheit zeigen, von der sie hoffte, dass sie sie überzeugen würde.

In ihrem dunkelblauen Kleid ließ sich Philomena auf die kleine Mauer rund um Hyde Park sinken und schaute jede fünf Minuten auf die Uhr.

Jetzt waren es nur noch fünfzehn Minuten und Apollonia würde hier auftauchen.

Fünfzehn.

Philomena versuchte, ihre Nervosität im Zaum zu halten und eine Panikattacke zu vermeiden. Es ging um Apollonia.

Also wartete Philomena. Sie hätte Tage gewartet, wenn es nur bedeutet hätte, dass Apollonia bei ihr bliebe. Alles, was sie jetzt tun konnte, war, zu hoffen. Darin war sie aus offensichtlichen Gründen nicht gerade gut und doch wollte sie nicht verzweifeln. Diesmal nicht.

Kapitel 36

Apollonia

Apollonia wechselte die Tubewägen von der Jubilee Line zur Piccadilly Line.

Anders als heute Morgen trug sie jetzt eine leichte und saubere Jeans zu einer Bluse, die in einem schönen Rot schimmerte.

Nervös war sie, das konnte sie nicht abstreiten, und doch saß die Verzweiflung noch tief in ihr und bestimmte alles. Ihre Unsicherheit war noch gestiegen und sie bereitete sich innerlich darauf vor, Philomena gegenüber ehrlich zu sein. Dennoch gab es einen kleinen Teil in ihr, der hoffte, dass sie sie noch umstimmen würde. Dass Philomena etwas sagen oder tun würde, um sie davon zu überzeugen, dass sie nicht bald noch einen geliebten Menschen verlieren würde.

Es war nur ein Stopp zu Hyde Park Corner und Apollonia stieg auf einer Plattform unter der Erde aus dem Zug.

Hyde Park Corner hatte mehrere Aus- und

Eingänge und doch schien Apollonia fast instinktiv zu wissen, wohin sie gehen sollte. In Richtung des Eingangs zu Hyde Park. Mit Sicherheit wollte Philomena im Park mit ihr sprechen.

Schon als sie die Stufen hinauflief, sah sie, dass etwas anders war. Sie sah bunte Farben und das überall auf den Boden verteilt, die Absperrung des Parks und den Straßenlaternen.

Apollonia wäre fast stehen geblieben, doch sie trieb sich weiter. Dann erkannte sie, was es war.

Es waren hunderte von Bildern, Texten und Gemälden. Alle von einem Blog, der am oberen Rand eines jeden Ausdrucks versehen war, mit der Adresse *kunst.leise.laut.com*.

Apollonia traute ihren Augen kaum. Der gesamte Gehweg war von Ausdrucken und Malereien gesäumt und sie blieb vor den ersten stehen, um sie anzusehen. Allein das erste ließ ihr fast den Atem stocken. Es war ein Bild von ihr in Brighton, doch es war keine

Fotografie. Stattdessen hatte jemand, Philomena, ein Gemälde daraus gemacht und die schönsten Farben in das Porträt gebracht, die sich Apollonia nur vorstellen konnte.

Noch nie hatte sich Apollonia so gefühlt und sie schlug eine Hand vor den Mund, als sie die unzähligen Ausdrucke entlanglief und immer wieder ihr eigenes Gesicht sah oder Gedichte, die zu einem der Bilder geschrieben wurden. Es war ein buntes Meer aus ihr selbst, aus Farben, aus ... Leben. Sie vor dem Royal Pavillon, sie vor dem Meer in Brighton, sie, wie sie aus tiefstem Herzen lachte.

Erst jetzt fiel ihr auf, wie lange sie schon nicht mehr den Blog von Philomena besucht hatte und in diesem Augenblick war sie dankbar dafür, denn dieser Moment war unbezahlbar.

Als sie die letzten Reihen mit Malereien erreicht hatte, sah sie, dass jemand an dem Zaun des Parks aufstand und sie wusste sofort, wer es war. Philomena kam auf sie zu und blieb ein paar Schritte vor ihr stehen. Sie trug ein wunderschönes Kleid, das in dunklem Blau strahlte, und es sah fast aus, als wäre Philomena zwar nervös, hatte jedoch noch immer die Oberhand.

»Apollonia«, begann sie und Apollonia liebte es, wie ihr Name auf ihren Lippen klang. »Ich kann dir nicht versprechen, dass meine Krankheit nicht schlimmer wird. Dass ich nicht schlechte Tage habe, denn sie kommen. Ich kann dir nicht versprechen, immer umgänglich zu sein, aber es gibt eine Sache, die ich dir versprechen kann.« Philomena trat näher an Apollonia heran und blieb direkt neben einem Porträt von Apollonia stehen, das in dem gleichen Dunkelblau leuchtete wie Philomenas Kleid. Sie war Künstlerin durch und durch.

Apollonia konnte sich kaum bewegen, da griff Philomena schon nach ihren Händen.

»Ich habe mich noch nie so lebendig gefühlt wie mit dir und ich kann dir sagen, dass ich mich auf nichts mehr freuen würde, als auf eine Zukunft mit dir. Mit Höhen und Tiefen, von dir wie von mir.« Es gab eine kleine Pause und

Philomena sog scharf die Luft ein, bevor sie sagte: »Und, was meinst du?«

Apollonia erlebte das, was sie bei Philomena immer erfuhr. Sie erhellte ihre Welt und auch wenn die Negativität die letzten Tage beherrscht hatte, bemerkte Apollonia, wie Philomena diese wegscheuchte.

Sie wusste nicht, was genau sie denken sollte, aber sie war sich einer Sache sicher: Sie musste diese Chance nutzen.

»Ich ... ich will ein Leben mit dir.«

Der Ausdruck auf Philomenas Gesicht war unbeschreiblich schön und bevor Apollonia auch nur reagieren konnte, presste Philomena die Lippen auf ihre und sie verlor sich in dem Kuss. Es war mehr als ein Kuss, denn aus ihm sprach ein Vertrauen, ein Zusammenhalt, den Apollonia noch nie zuvor erlebt hatte.

Der Kuss war drängend und gleichzeitig wunderschön.

Einige Zeit standen Apollonia und Philomena da, hielten einander fest umschlungen und küssten sich.

Zum ersten Mal, seit Phoebe gegangen war, lachte Apollonia nach dem langen Kuss aus vollem Herzen. Sie wusste, dass sich an der Situation nichts verändert hatte, aber was Philomena geschafft hatte, war, dass sie jetzt das Licht in einer dunklen Nacht sah. Es gab jetzt mehr als all das Negative, sondern Licht, das Apollonia nicht mehr verlieren wollte.

Die Sonne schien diesmal auf ihrer Seite zu sein, denn sie strahlte hinab auf die beiden und ließ die wunderschönen Gemälde, Bilder und Texte glitzern, als stünden Apollonia und Philomena in einem Meer aus Farben.

Was auch immer kommen würde, Apollonia wollte der Zukunft nicht mehr allein entgegentreten. Nie wieder.

Epilog

6 Monate später

Apollonia hielt Philomenas Hand und wartete, dass die Panikmedikamente wirkten. Heute Morgen war die Nervosität so stark in der jungen Frau gewesen, dass sie um ein Medikament nicht herumkam. Dennoch wurde es mit jeder Minute besser und Apollonia half, dass Philomena wieder die Realität sah und nicht mehr den Mix aus Angst und Unsicherheit. Bei Piccadilly Circus stiegen sie aus und Philomena lief an Apollonias Hand.

Der Winter war über London gekommen und doch war die Stadt wunderschön. Sie glitzerte in weihnachtlichen Farben und die Straßen waren geschmückt mit Lichtern und künstlichen Sternen.

Wie jeden Morgen liefen sie aus der Tube-Station heraus und drehten sich dann in Richtung Big Ben.

Philomena schlang wie selbstverständlich die Arme um Apollonia und allein die körperliche Nähe brachte beiden eine Ruhe, die sie kaum beschreiben konnten. Zusammen wohnten sie jetzt seit zwei Monaten in dem kleinen Apartment in Whitechapel, das Philomena zuerst allein bewohnt hatte.

Die Beziehung zwischen Apollonia und ihren Eltern hatte sich nicht gebessert und jetzt in einem stabilen Zuhause zu wohnen, auch wenn Philomena alles war aber nicht stabil, war die beste Entscheidung gewesen, die sie hätte treffen können.

Zusammen schien es, als würde ihrer beide Instabilität gemeinsam etwas ergeben, das ruhig auf See trieb, zwar nicht jede Welle vermeiden und trotzdem die beiden über Wasser halten konnte.

So fühlten sich jetzt die beiden Frauen, wie sie der Sonne über der winterlichen Stadt zusahen, wie sie gegen den Nebel kämpfte und dann über Big Ben schien, als würde sie allein für Apollonia und Philomena scheinen. Ja, es gab noch viel zu tun, zu klären und durchzustehen, doch in diesem Moment schien all das ganz klein. Denn es war keine Kunst, in einer Situation zu bleiben, die einen lähmte. Was viel schwerer war, war zu bleiben, wenn alles schwer war. Doch das hatten die beiden gelernt und arbeiteten jeden Tag daran. An der Kunst zu bleiben. An der Kunst am Leben zu bleiben.

ENDE

Leseprobe
»Die Kunst zu (über)leben«

Etwas zu hektisch drehte ich mich um und lief mit voller Wucht in eine Person hinein. Meine Kaffeetasse flog mir aus der Hand und kam mit einem klirrenden Krachen auf dem Boden auf. Zum Glück blieb die robuste Tasse heil, doch ihr Inhalt ergoss sich über den gesamten Boden und ich duckte mich weg, dass mich keiner der heißen Tropfen traf.

»Shit«, murmelte ich und beugte mich hinab, um die Tasse aufzuheben und mich danach nach einem Lappen zu erkundigen. Erst dann registrierte ich bewusst, dass ich in jemanden hineingelaufen sein musste und schaute aus meiner knienden Position herauf.

Mein Atem stockte und für einen Moment konnte ich mich nicht rühren. Die braunen Augen, die dunklen Haare mit dem Lilia in den Haarspitzen, der Blick, die volle Figur – das konnte doch nicht …

»Du hast keine gute Orientierung in der Welt, oder?«, fragte eine unvertraute Stimme und sie klang tiefer als ich sie mir ausgemalt hatte.

Nur langsam kam ich wieder zum Stehen und war jetzt auf Augenhöhe mit der jungen Frau, in die ich schon im Friedhof hineingelaufen war. Konnte das ein Zufall sein? Musste es wohl. Sie räusperte sich und erinnerte mich auf diese Weise daran, dass sie mir eine Frage gestellt hatte.

»Ähm …«, brachte ich geistreich hervor und umklammerte den Griff der jetzt leeren Tasse fester. Ich wollte in dem Augenblick mehr sagen, als sie nochmals sprach: »Sollen wir dir ein neues Getränk holen?« Mein Gegenüber schielte auf die Pfütze aus Weihnachtsaromen und Kaffee hinab. Ich nickte nur und sah, wie in dem Moment schon eine Angestellte mit einem Wischmopp erschien, um die Sauerei wegzuputzen. »Entschuldigung«, murmelte ich in ihre Richtung und die Mitverursacherin grinste in sich hinein.

Wir liefen schweigend zurück in die Reihe, in der ich nur Minuten zuvor schon gestanden hatte, und die junge Frau lächelte fast verschmitzt, als ich dem Kassierer noch einmal meine Bestellung nannte und ihm die leere Tasse hinhielt. Schweigend warteten wir auf mein Getränk und ich wusste nicht, wie ich mich verhalten sollte. Sollte ich ein Gespräch anfangen? Wollte sie überhaupt eines führen und wenn ja, warum war sie dann so still? Tausend Gedanken schossen mir durch den Kopf und plötzlich fühlte ich mich, als hätte ich Fieber. Natürlich war ich vorhin rot angelaufen, als mir die Tasse aus der Hand gerutscht war, aber diese Wärme war anderen Ursprungs. Sie ließ mich fast glühen.

Wieder dachte ich daran, wie sie wohl heißen könnte. War es wirklich Kim oder Taylor? Oder doch eher Samantha? Ehe ich mir darüber Gedanken machen konnte, hielt mir der freundliche Mitarbeiter von eben wieder eine gefüllte Tasse hin, die ich mit zwei Händen empfing und für nichts in der Welt wieder loslassen würde, bevor ich einen Tisch erreicht hatte.

Erst jetzt sprach die junge Frau neben mir ein Wort: »Hast du Lust, dich hochzusetzen?« Ich war überrascht, dass sie wirklich Zeit mit mir verbringen und nicht sofort wieder verschwinden wollte. Die Sicherheit, die ich bei unserem letzten Treffen – okay, Zusammenstoß – in ihren Augen gesehen hatte, war auch heute wieder da und erfüllte ihr gesamtes Gesicht, als würde es mit ihrer Charakterstärke aufleuchten wie ein Blinker.

Ich folgte ihr die wenigen Stufen hinauf und wir setzten uns in eine gemütliche Couchecke, die genau genommen für sechs Personen gedacht war. Ich ließ mich auf das eine Sofa sinken und sie sich auf das andere, mir direkt gegenüber. Leicht zitternd stellte ich die Tasse auf dem Tisch ab und zog den Mantel meiner Mutter aus, der mir plötzlich viel zu warm erschien.

»Geschafft«, meinte sie und bewegte den Kopf in Richtung meines Getränks. Als wäre ich unfähig, eine Tasse zu einem Tisch zu tragen! Ich war kein schnippischer Mensch, aber ein kleines, sarkastisches »Juhu« verließ meinen Mund. Ihr Lächeln wurde breiter und sie lehnte sich mir ein wenig entgegen.

»Ich bin übrigens Carlie.« Die junge Frau hielt mir die Hand hin. *Carlie, was für ein schöner Name …*

Für einen Moment zögerte ich, murmelte ein Verlegenes »Alice«, dann nahm ich ihre Hand in meine rechte und wir schüttelten kurz die Hände, als müssten wir einen Begrüßungskodex erfüllen. Ihre Hand war weich und warm in meiner, doch so schnell wie die Hitze zuvor gekommen war, war sie jetzt wieder verschwunden und ich verwandelte mich zurück in den Eiszapfen, der ich eigentlich war. Ich wusste nicht, wieso. Vielleicht war es die Unsicherheit in mir?

Am liebsten hätte ich ihre Hand noch länger in meiner behalten, doch das hätte wohl ziemlich bescheuert ausgesehen.

Carlie lehnte sich zurück gegen die

Couchrückseite und erst jetzt fiel mir auf, dass sie weder bei unserem Zusammenstoß ein Getränk in der Hand gehabt, noch eines bestellt hatte. »Willst du nichts trinken?«, fragte ich in einer Stimmlage, die gegenüber ihrer schon fast piepsig klang.

Wieder lächelte sie ein wissendes Lächeln, als hätte sie sich schon gedacht, dass ich früher oder später diese Frage stellen würde. »Ich hatte schon was.«

Langsam bewegte ich den Kopf auf und ab, was einem wissenden Nicken gleich kommen sollte, doch als ich den belustigten Ausdruck in ihren Augen sah, war ich mir nicht mehr sicher, ob es wirklich so angekommen war. Je länger sie mich ansah, desto nervöser wurde ich. Wie auch sie, stahl ich den ein oder anderen Blick auf sie und ließ ihn ihren Körper auf- und abwandern. Das volle, schöne Gesicht wurde umrahmt von einer Brille, deren Rot sich komischerweise nicht mit der Farbe ihrer Haarspitzen biss. Ihr Körper war in eine helle Bluse gehüllt, ebenso wie in eine dunkle

Jeans, deren Look mit schwarzen Stiefeletten abgerundet wurde. Ihre Kurven waren unter dem Shirt zu sehen und ehe ich drohte, Carlie zu lange anzustarren, hob ich den Blick.

Die junge Frau schaute mich ebenfalls weiterhin an und am liebsten hätte ich mich weggebeamt, weil ich das Gefühl hatte, sie schaute direkt in mich hinein. Hinein in einen Körper, der kaum mehr lebte, sondern nur von Trauer zerfressen war. Wie lange war ich schon nicht mehr Kaffeetrinken gewesen?

Bevor ich mich weiter in den Gedanken hineinsteigern konnte, lehnte ich mich vor und hob meine Tasse an die Lippen. Ich schluckte viel zu laut – auch wenn ich das Geräusch hasste – und fasste dann den Mut, etwas zu sagen: »Warum bist du hier?«, fragte ich und Carlie legte den Kopf leicht schief. Ihr Grinsen wurde noch etwas breiter, obwohl ich nicht wusste, ob dies überhaupt möglich war.

Langsam hatte ich den Verdacht, dass mir irgendetwas Peinliches im Gesicht klebte, doch mir wäre nichts aufgefallen. Warum sollte sie mich sonst die ganze Zeit so anstarren? Auch sie lehnte sich ein wenig vor und unsere Köpfe waren nur noch dreißig Zentimeter voneinander entfernt. Ihre Wimpern waren lang und gaben dem Braun in ihren Augen ein ganz besonderes Leuchten, als hätte sich geschmolzene Schokolade in ihre DNA verirrt.

»Ich habe etwas getrunken und als ich meine Tasse weggestellt hatte, ist eine hübsche Frau in mich hineingelaufen.«

Zuerst dachte ich, mich verhört zu haben, doch ich hatte so an ihren Lippen gehangen, dass dies nicht der Fall sein konnte. Eine hübsche Frau? Carlie schaute mir schon fast amüsiert zu, wie ich mit den Augen über ihr Gesicht glitt und schlau aus ihr werden wollte. Nach ein paar Herzschlägen brach sie den Blickkontakt und lehnte sich wieder zurück. Ich fühlte mich, als hätte mir jemand erst jetzt wieder Zugang zu Sauerstoff gegeben und ich sog die Luft gierig ein.

»Wollen wir morgen Abend zusammen Essen gehen?«, fragte Carlie plötzlich und unvermittelt und mein Blick schoss doch wieder zu ihren Augen. Für einige Momente verlor ich mich selbst in dem Blick, weil ich nicht sagen konnte, wie viel Zeit verging. Es hätten Stunden vorbeigezogen sein können oder Jahre – es wäre mir in diesem Moment vollkommen egal gewesen.

Noch immer leicht benommen, brachte ich ein leichtes Nicken zustande und sah, wie Carlies Mund sich zu einem ehrlichen Lächeln formte, als hätte sie Angst gehabt, ich könnte die Einladung ablehnen. Ohne Vorwarnung stand sie auf und schaute auf mich herunter. »Dann sehen wir uns morgen. Komm um 19 Uhr zum *House of India* in der Stadt, ja?« Wie zuvor brachte ich keinen Ton heraus und nickte stattdessen zum wiederholten Male.

»Bis morgen, Hübsche«, raunte sie mir entgegen, dann lief sie die Treppen des Cafés hinab und verschwand aus meinem Sichtfeld.

Danksagung

»Fear is a reaction. Courage is a decision.«
- Sir Winston Churchill

Eine Reihe über gleichgeschlechtliche Liebe zu schreiben, ist immer ein Risiko. Was, wenn sich Hater auf einen stürzen und das Buch zerreißen? Diese Angst saß mir im Nacken, da bin ich ehrlich und doch waren mir diese zwei Bücher jeden Gedanken an diese Furcht wert. »Die Kunst zu (über)leben« und »Die Kunst (am Leben) zu bleiben« sind für mich nicht nur Geschichten, die mich faszinieren. Sie sind für mich wahre Symphonien an Selbstliebe, Aufmerksamkeit für psychische Krankheiten und das Verständnis für die Tatsache, dass Liebe Liebe ist – egal, wer liebt. Egal welchen Geschlechts oder vielleicht keinem Geschlecht zugeordnet – es ist vollkommen egal. Ich hoffe, dass du das aus meinen Büchern mitnimmst.

Was mindestens genauso wichtig ist, ist die

Tatsache, dass ich diese Bücher niemals hätte ohne Hilfe schreiben können.

Mein größter Dank geht an ...

... meine Mama. Sie ist meine erste Leserin für jede Geschichte und nimmt sie kritisch auseinander. Ich hab dich lieb und danke für alles.

... Erik. Du gibst mir so viel – ich könnte ein ganzes Buch darüber schreiben. Du bist die Liebe meines Lebens. Danke für jeden einzelnen Tag.

... an meine Familie und an die Familie meines Freundes, die mir so viel Unterstützung entgegenbringen. Genauso an meine Vierbeiner – ihr seid die süßesten Unterstützer, die man haben kann.

... Sandra. Für jede ausgetauschte Nachricht und für jeden Tag, an dem ich mich mit dir nicht so allein fühle.

... das wunderbarste Bloggerteam, das man sich nur wünschen kann. Vielen Dank für alles!

... all meine Leser, Bloggerinnen und Blogger, meine Unterstützer und einfach jede

Person, die mir Mut gibt. Ich habe euch so viel zu verdanken. Vielen, vielen Dank.

... an meinen Körper und mein Gehirn. Jeder Tag ist für mich eine Art Kampf und doch kann ich jeden Tag auf das bauen, was mein Körper schafft, zu leisten. Danke. Zum ersten Mal in meinem Leben. Danke.

Der letzte Dank geht an all die Menschen auf dieser Welt, die mich als bisexuelle Frau und als Menschen mit einer Krankheit annehmen, die ich nicht beeinflussen kann. Mit eurer Unterstützung und Hilfe komme ich durch jeden einzelnen Tag und verliere auch mein Lächeln nicht dabei. Thank you. Merci. Gracias. Danke.

Mit diesem Band ist die Reihe abgeschlossen. Ich freue mich schon sehr auf alle neuen Projekte und kann dir versprechen, dass dieses Buch hier noch lange nicht das letzte ist, was du von mir lesen wirst.

Bis ganz bald,

Kristin

Über die Autorin

Kristin Schöllkopf wurde 1997 geboren. 2018 erschien ihr erstes Werk im Rabenwald Verlag, in dem sie bis heute publiziert.

»Die Kunst (am Leben) zu bleiben« ist der Folgeband zu »Die Kunst zu (über)leben« und mit dem alleinstehenden Roman »ich bin (nicht) ich« ihr drittes Werk im Self-publishing. Die Studentin lebt mit ihrem Freund, einer Hündin und vier Meerschweinchen im Süden Deutschlands. Sie freut sich immer über Nachrichten von ihren Leserinnen und Lesern, und ist auf allen gängigen Social Media – Plattformen zu finden.

Weitere Informationen und Kontaktmöglichkeiten unter:

www.facebook.com/KristinSchoellkopf

Instagram: kristin_schoellkopf_autorin

Twitter: @skaeggy

Mail: krisischoellkopf@yahoo.de

Bisher veröffentlichte Bücher:

GER(a)ECHT

Nicht (un)schuldig

(Rache)Engel

ich bin (nicht) ich

Initium

Initium II

Die Kunst zu (über)leben

Die Kunst (am Leben) zu bleiben

Songliste

Be Kind (feat. Halsey) – Marshmello
Betty – Taylor Swift
Some Kind of Monster – Beyond the Black
Clementine – Halsey
21 Guns – Green Day
Overshare – Kelsea Ballerini
OK not to be OK (feat. Demi) – Marshmello
Daze Inn – Carlie Hanson
The Reason – Hoobastank
Anyone – Demi Lovato
London Calling – The Clash
Haunting – Halsey
WE ARE CHAOS – Marily Manson
Treppenhaus – LEA
Wenn ich leiser bin – Max Giesinger
Wasted on You – Evanescence
Girl in the Mirror – Bebe Rexha
She – Selena Gomez
Vincent – Sarah Connor
You Need to Calm Down – Taylor Swift
Experiment on Me – Halsey

Printed in Poland
by Amazon Fulfillment
Poland Sp. z o.o., Wrocław

63069607R00197